KB176441

성연 시인선 10

당신, 그곳도 안녕한지요

윤혜련 시집

도서 출판 성연

2 ㅣ당신, 그곳도 안녕한지요

바람에 의해 타종되는 풍경처럼
무엇인가의 의미가 되고 싶었다.
봄날의 꽃이어도 좋고 꽃 속의 바람이어도 좋을…,
단발머리 소녀적부터 문학이 좋았다.
그래서 벽면에 책이 꽂혀있는 책꽂이를 그렸고
창가 옆에는 책상에 앉아 글 쓰는 나를 그렸다.
옛 시인의 노래를 부르며 그린 낙서장의 비밀
어떤 날은 마당에 쪼그려 앉아 마음을 채색했다.
꿈은 귀가 순해진다는 나이
이순이 되었어도 변함이 없었다.
낮은 곳 변두리 세상 이야기가 눈에 들어오고
누군가의 모습이 삽화처럼 느껴질 때
가슴속에서 집을 짓는 시
내가 그리워하고 사랑하는 것들이었다
그리고 그 속에 내가 깃들어 있었다.
이제 숙명처럼 꿈은 이루어졌다.
따뜻하고 가슴 설레는 순간을 나누어야겠다

2022년 청포도 익어 가는 여름에

3부. 택시

4부. 반 지하

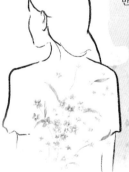

7부. 연리지

8부. 11월 행 버스를 타고

9부. 윤혜련 시 평설

오랫동안 시 창작을 해온 터라 작품들이 솔찮게 탄탄히 엮여져 왔기에 첫 시집 〈당신, 그곳도 안녕한지요〉를 내놓는 시기가 많이 늦은 감이 있지만 농익은 시집이라고도 할 수 있다. 그만큼 맛있는 시편들이 많이 들어있다는 것이다. 야산에 핀 앵두나 오디, 산딸기와 같은 열매들이 수확기를 놓쳐 바닥에 떨어지고 있긴 하지만, 그 나뭇가지 밑에 양동이나 대야를 받쳐놓기만 하면 아주 맛있는 과일 잔치가 열리는 것이다.

"초월명상超越瞑想과 소박한 밥상"
예시원 시인(문학평론가) 평설중에

|1부|

아버지와 자윤영

홍시

홍시가 되기까지 그 붉은 자락이
가지처럼 뻗은 담장 너머
저녁노을도 한 점 홍시입니다
어느덧 필라멘트처럼 매달렸습니다

지나고 보면 햇빛도 작달비도 무시로 스친 바람도
공습경보처럼 울렸던 천둥 번개도
스위치를 켰다, 껐다, 지금처럼
홍시가 환하게 켜진 까닭일 테지요

어쩌면 홍시를 매단 감나무는
지난 옛사랑이 그리워 가으내 불 밝히며
담장 밖을 바라보고 있지 않을까요

좀 더 추워지면 이름조차 몰캉해져
어느 저녁을 감고 있을지
겨우내 항아리에서 속살까지 환한
붉은 종 하나 꺼내봅니다

아버지와 자운영

나는 몰랐네
논둑에 핀 그 자줏빛이 자운영인 줄
새참 막걸리 한잔하셨던 아버지가
얼굴이 발그레 진 것은
막걸리 주전자가 자운영 덤불 속에 있었다는 것을

흥겨운 농부가로 못줄 띄면서
한 포기 한 포기 채워가던
봄날의 무논은
아버지의 희망이었다는 것을

논 고동 갈 之 자로 시를 짓고
왜가리 날갯짓 풍경을 흔들던 무논
그곳엔 이제 자운영도
논 일 하시던 아버지도 없고
바람 소리 몇 구절만 지나가네

바람의 몸짓

느티나무 위로 올라간 매미
푸르스름한 날개는
세상 밖을 향해 펼쳐 내는
어머니의 젖은 날개가 있었다

6남매 길러 내느라
삶의 고단함이 항상 젖어 있었던
밍밍밍 미... 터트리는 웃음이
나뭇가지를 흔드는데

여름 지나
초록빛 손마디들 검버섯 피고
뼈마디 사이 찬바람만 불었구나

이제 무심했던 세월 날개를 달았나
하르르 하르르 벚꽃 잎 날리는 날
고단했던 몸 갈무리 하시고
길 떠날 채비 하시네

구름은 만장이요 꽃잎은 바라춤
두둥실 두둥실 날아 가셨네

할매야

툇마루에 햇살을 베고 누운
반신불수 외할매

담장 가 감나무가
연둣빛 봄물 들었다고
무심한 세월이라고

가이 가이 어눌한 말
꽃 피는 시절 만물은 소생하건만
나는 봄날의 새처럼 날지 못하네

세상으로
전송되지 못한 언어들을
손짓으로 풀어
서럽게 서럽게 울었다네

기일 1

어동육서 좌포우혜 홍동백서 조율이시
한 상 차려 놓고 잡수시오 권해봐도
영정 사진 속 아버지 웃기만 하십니다 그려

아버지 잠깐, 자식들 누가 왔나 둘러보시더니
아이들아
조기는 노르스름히 구워졌고
술은 달짝지근 하구나

둥근 밥상 원으로 앉아
음복이 돌고 안부가 돌고

달맞이꽃 노란 웃음 짓는 아버지,
꽃상여 타고 가신 모롱이 길
되돌아가십니다

잘 가소
어머니의 배웅
감나무 가지에 앉아 기다리던 달
발밤발밤 따라가네요

보이지 않으나 보이는 듯
들리지 않으나 들리는듯한 어루만짐
간들바람 옷깃 스치며 지나갑니다

기일 2

저 봐라 저 봐
엄마가 웃는다 아까부터 자꾸 웃고 있네
딸네들은 입을 빙긋이 벌린
엄마 사진을 보고 너스레를 뜬다

아버지는 영탁 막걸리가 맛있다고 자꾸 드시네 그려
저러다 취해서 저승길 어찌 가시겠노
엄살이 늘어진 아들네들
돌아가면서 진설한 조기와 산적위에 젓가락을 얹었다

집례를 보던 큰 사위는 잠깐, 정신이 나갔는지
자기는 빼놓고 사위 하나가 안 보인다 하질 않나
둘째 사위는 장모님과 친구처럼 지냈던
먼저 가신 어머니 안부를 묻다 끝내,
글썽였던 눈물 촛불이 떨었다

顯 考 學 生 府 君 神位
顯 妣 孺人 咸安趙氏 神位
함께 했던 핏줄의 온도
밤夜이 익어가는 시월 초 이튿날 밤이었다

열무김치

콩밭 속 열무 한 소쿠리 뽑아오신 어머니
보리밥 한 주걱 홍고추
알싸한 마늘 넣고 열무김치 담는다

고춧물 베인 손 사는 일이
때로는 쓰리고 아려도
열무김치 버무리듯 어우러져 살아야 한다고
항아리에 담은 열무김치
우물 속으로 안치는 어머니

매미 소리에 익었을까
반딧불에 익었을까
손가락 사이로 찰랑이는 물결

소오산 너머 노을이 지면
잘 익은 열무김치 한보시기 꺼내어
국수 싫어하시는 아버지는 열무 비빔밥
어머니와 아이들은 열무국수
마당에 앉아 먹는다
초승달과 첫 별도 조금 섞어

부엉새 울던 밤

이모는 비 내리는 고모령
노래를 좋아하셨다
외삼촌은 누나가 시집갈 날 받아놓고
손수건에 수 놓으면서 이 노래를 불렀다며
애창곡이란 시를 지었다
어느 겨울밤이었다
불 꺼진 안방에서 어머니와
세상살이 이야기로 밤을 지새울 때
비 내리는 고모령을 부르셨던 이모
부엉 부엉
지붕 너머 부엉새도 이모의 세월과 함께 울었다
한 세상 자식 뒷바라지에 가 없는 희생
어느 해 질 무렵 노을빛 깃든 이모 편지 읽고
어머니 눈시울 붉었던 날도 가뭇없이 잊힌 세월
남은 것은 회한과 여운뿐이네
이제 모진 병마 떨치고
밤하늘 달빛 속으로 드셨나 달무리 지는데
부엉새도 울었다오 나도 울었오
한 구절 노랫가락에 눈물이 번진다

쑥부쟁이

논두렁 밭두렁
둑길 어디에서나 피는 쑥부쟁이

그리움이란 꽃 말 꽃대에 달고
슬멋슬멋 흔들리는 몸짓
이름만큼 정겨워라

함께 있다 돌아서면 다시 돌아보듯
너를 보고 있으면
그리운 사람들 생각나서
왈칵 눈물이 나구나

우중의 대원사

절간에 내리는 비
느즈막이 핀 구절초가
빗물에 젖어 더욱 향기가 짙다

나는 대웅전 처마 아래 무늬를 만들며 퍼지는
빗물을 바라보고 있었다

인생은 우주의 가랑잎 위에 잠시 모였다가
사라지는 바람 같은 것
피었다 지는 구절초 꽃잎처럼 흘러간다는 것인지,
슬픈 마음은 빗물인지 눈물인지 젖고 있었다

비는 은실처럼 내리고
어머니 사십구재 극락왕생을 발원하는
알알이 삼천 주 화엄으로 가는 소리
소지 한 장 꽃처럼 피었다 사라져 갔다

삶에 곡진한 이야기들 찻잔에 스미고
이제는 떠나야 할 시간
섬돌 아래 모인 신발들이

저희끼리 몸 부비다 일어난다

만났다 헤지지는 시간에서
잘 가라 손 흔드는
뎅그렁 울리는 풍경소리

감자꽃

오뉴월 밭이랑에 핀
어머니
머릿수건

하지 철 보릿고개 넘던
어머니
무명 적삼

무심한 세월 노안의 꽃
어머니
흐린 눈빛

생일

나락 한 줌 베고
해 한 번 쳐다보고
터벅터벅 안방까지
꿍
오후 세 시

햅쌀로 밥 짓고
아궁이 속 전어는 노릇노릇
우물 가 단감은 주렁주렁

난 시 난 때가 좋다고 한
그날
음력 구월 스물 엿샛날
울 엄마 날 낳은 날

| 2부 |

푸른 엽서

해바라기 연가

해종일
바라보는 것만으로 사랑할 수 있기에
선채로 꽃이 되어 바라보는 것이다

사랑은
닿지 않아도 전할 수 있어
잎새에 출렁이는 그리움 파문이 인다

구름이 해를 가려 그늘을 드리우면
때론 눈을 감지만 감은 두 눈으로
너의 슬픈 마음까지도 바라보는 것이다

해바라기 너를 보면
까맣게 잊은 이에게 편지를 써야겠다
그러다 잠이 들겠구나

구절초

얼마만의 해후인가
저 은백의 生生한 몸짓

구절구절 절절한 향기
무더기로 쏟아내네

꽃 한 송이 피는 시간은
시나브로 해와 달이 흘러갔다고

아릿한 구절초 꽃 말
무언의 말

이토록 가슴 저리는 일인 줄
나는 몰랐네

어묵 한 꼬치만 먹고 가자

캐롤송이 울러 퍼지는
크리스마스 이브 날
반가운 손 덥석 잡고 발 길 멈춘다

길거리 뜨끈한 어묵 한 꼬치
매운맛 안 매운맛 한 꼬치씩 들고
간장에 꾹 찍어 먹었던 그 밤의 추억

겨울 밤 어묵 포차에서
모락모락 김 속에 얼큰한 국물 한 모금
가슴 깊이 스며드는 여운으로 남는 말

어묵 한 꼬치만 먹고 가자

푸른 엽서

길을 걷다가 하늘을 봐요

푸르게 푸르게 물결치는
보리밭길 사이로
우리들의 청춘이 스치네요

지금 내가 어디쯤 와서
어디쯤 가고 있는지

행여
날 부르는 소리 들릴까
생각하는 동안
흔들리는 유채꽃

거기
당신 잘 있나요

우중의 능소화

능소화 슬픈 눈시울을 보았다
언제부터 젖고 있었을까

그 해 초여름 비 오던 날
수선화 꽃잎 뿌렸던 것처럼
해반천에 뿌려볼까

빗소리는
하늘로 간 친구의 발자국 소리
너와 나의 못다 한 말
호드득 호드득 귀엣말 소리

감꽃

햇살도 나른한 늦은 봄
흩어진 감꽃 위로 옛이야기 스치네

한 꽃 두 꽃 다정하게도 실에 꿰어
목걸이 했던 추억
노르스름한 감꽃이
삼십촉 전구처럼 은유로 비치구나

세월은 바람처럼 흘러 다시
한 계절이 지나가는데
지나 간 우리들의 그림자는
아직도 감꽃 옆에서 서성이고 있겠지

젊음은 흘러갔지만
지난 시간이 위로하듯 스치는 얼굴
아프지 마라
너를 스친 바람이 내게도 분다

섬진강 블루스

당신이 오신다면
내 가슴 꽃으로 피어
손을 흔들며 반기겠습니다

꽃이 핀다고
그리움마저 피어나는

섬진강 그곳에
보고 싶은 사람이 있습니다

오랜 기억만큼이나
코 끝 찡하게 그리운 사람들
그 사람이 당신일지도 모릅니다

동백꽃, 말을 걸다

동백 꽃무늬 가방을 메고
부원역을 지나는데
그냥 갈 거야
불그스레 번지는 꽃말
어머 동백이구나
예쁘네 사진을 찍어도 되겠니
허락받고 찍어 보여 준 사진
어때 예쁘지
사람 발목을 부비는 고양이처럼
내 손을 비비며
음— 네 가방도 예쁘구나
향기로 말하는 봄날의 오후

그냥

목소리를 들으면 모습이 보인다
마음도 보이고 생각도 보인다

전화를 하면서 딩신을 그릴 수 있듯이

얼굴도 보지 않고
목소리로 너에게 간다

소추의 나이

한 곳에서
오래도록 뿌리내린 은행나무가 있었다

계절이란 간이역을 지날때마다
시간과 풍경을 내려놓고
잎잎 노랗게 물들게 했던 날들

소추에 도달한 은행나무가
한 생이 깃든 것만 같다

적멸에 드는 가을
제 잎을 표표히 흩날리는 은행나무처럼
어느 중년의 인생도
늦은 오후를 지나가고 있었다

| 3부 |

택시

택시

택시를 잡기 위해 갓길에서
손 흔들며 가로수가 된 기분
한 대가 지나고 몇 대가 지나도
도무지 탈 수 없었던 자정 무렵의 도시
저 멀리 빈 차 표시등만 봐도
그 반가움은
늦은 밤 고향집 갔을 때 불빛 같다
마침내 내 앞에 멈춘 택시
식구들 신발이 모인 현관으로
도착지를 설정하고 달리는 택시
차창 너머로 상행과 하행이 다른 전조등이
생의 족적인 듯 흘러간다
삶이란 정류장에서 서성이다 스쳐 가는 사람들
그에게도 생의 족적이 있었으리
이윽고 목적지에 도착했다는 택시
거기, 가로등 아래 내린 그림자 총총히 사라져가고
택시 불빛은 저만치서 또 한 사람을 태우는지
깜박거리고 있었다

대파를 뽑다가

야근을 마친 조선족 남자가
이모작 논에 심어놓은
대파 두어 뿌리 뽑았단다

아, 어쩌나 그는
덫에 걸린 고라니처럼
주인에게 잡혀갔다는 것

중국에는 가난한 아내와 어린 딸이 있다고
공장 사장이 빌어도
경찰이 사정을 해도
팻대 세우며 손사래 치더라는
인정머리 없는 심보

그는 불법 채류자
서럽고 메운 눈물
뚝,
뚝,
흘리며
출입 관리국으로 갔다는데
중국으로 갔다는데

거리 두기

목련꽃 생각에 잠겼다
팔짱을 낀 연인도 길 건너 철물점 김씨도
황급히 자리를 뜬다고 고개를 숙이고 있었다

지금은 거리 두기 중
언제가 될지 모르니 조금만 기다려 달라 했지만
알 수 없다는 듯 갸우뚱한 목련 나무
그 아래로 마스크를 한 사람들의 입이
하얗게 둥둥 떠다니다 멀어져 갔다

반가운 사람을 만나면 돌아서서
반가움을 비누로 씻어야 하는 너와 나의 거리
4인 이상 만나면 안 되는
모임도 명절도 다 거리 두기
이제는 몸도 마음도 거리 두기 중이다

이것이 다 코로나바이러스가 원인이었다니
거리 두기는 바이러스와 해야 할 듯

에펠로그

세상의 지도에는 나와 있지 않지만
사람들 가슴속에
하나씩 있는 섬 그래도,

우리는 하루에도 몇 번씩
그래도를 방문 한다

바람 불어 물결쳐도
그래도 가야 하고
그래도 해야 하는 모든 것,

살지 못하는 수만 가지 이유를
살고 싶게 만드는
고래가 푸른 포물선을 그리는 곳

우리 모두
김승희 시인의
'그래도 라는 섬이 있다'에서
푸르게 푸르게 만날 수 있기를

물질하는 여자

여자가 바다의 몸을 열고 들어간다

수심悉心에 잠긴 등대 물살을 응시하고
물젖은 고무 옷 햇살을 보채지만
생계를 잇는 것이란 바다속을 유영하는 것

가슴지느러미 곧추세우고
파란 눈을 뜬다

여자가 잠수했던 시간은 얼마나 될까
물결 사이를 몇 구비나 돌았을까
푸르게 범람하는 물속에서
문어 소라 해삼을 따는
목숨 건 숙명

온몸으로 바다를 품은 여자가
호―잇 숨비소리 포물선을 그리면
가슴에 닿은 붉은 태왁 고동치는 심장
등대 가슴도 출렁이고 있었다

복수초

바람이 머물다 간 자리
해토머리 대지를 뚫고
환한 등불 밝혀 두셨으니

눈물 그렁그렁한 그대
환해지라고
일렁이는 그것

사랑
너였구나

손짓으로 하는 말

자판을 두드릴 때마다
잡히지 않는 문장들
멀어졌다 가까워지더니
손가락 사이에서 피어올랐다
나는 민첩한 손놀림으로
저 낯선 것들을 끌어당겼다

안개처럼 떠다니는 자음과 모음들
가이 가이
반신불수 외할머니도
세상으로 전송하지 못한 어눌한 말을
손짓으로 풀어 내셨을까
자판 위에서 詩의 언어를 찾는 내 손 짓
다시 방향을 잃었다

엔트 키
슬몃 바람이 밀었나 햇살이 걷어갔나
안개처럼 사라져 버린 詩
모니터만 묵묵부답이다
교신하지 못한 외할머니와 나의 손짓이
허공 속에 둥둥 떠 다녔다

정법사 비구니

사랑을 떠나왔다는
정법사 비구니
파르스름이 깎은 머리가 슬펐다

떠나온 여자와 남겨진 남자의
아득한 거리
빈 마음 목탁 소리로 채워보지만

사무치는 그리움일까
쉽게 써 내려가지 못했던
첫사랑의 연서처럼
염불하다가 들썩이는 어깨

무릇, 사랑이란
몇 겁을 돌다가 다시 만나는 것
뎅그렁 울리는 풍경소리
잊어라
잊어라 하네

해갈하지 못한 마음

바람이 불면서 내리는 비
빗방울은 호드득 호드득
풀잎에 닿아 파문이 번진다

하늘로부터 내린 시절 인연이
구름처럼 흘러가듯
빗방울은 또 다른 빗방울과
젖어 가는데

해갈하지 못한 마음만 남아
가슴앓이 중이다

헌 옷 수거함

빛바랜 꽃무늬 원피스가
들꽃 향이 난다면서
나프탈렌 냄새 밴 블라우스,
자기도 한때는 최신 블라우스였다고
자랑하다 이내 풀이 죽었다
유행 지난 와이셔츠도 지기 싫은지
소매 걷어 올리면 근육 비치는 팔뚝,
내가 나를 봐도 멋있다며 뒤척일 때
기침 콜록이던 미니스커트
나 역시 한때는 거리를 활보했다던
주름진 푸념

녹슨 헌 옷 수거함에 격리되어
보기 전에 알 수 없는 공원 앞
재활용센터 트럭이 나타나자
그들의 수다는 끝났다

옷도 사람처럼 늙어 가는 것일까
한 벌 한 벌에 담겨 있는
주인의 삶을 기억하는 소리 선명한데
빈 헌 옷 수거함만 무덤덤하게 서 있었다

노잣돈

산비탈 팔아 남은 돈으로 어머닌
아버지 저고리 주머니에 넣어 주셨다
젊어 호망배 탄다고 고생했소. 벙그는 호주머니
저승 사람들과 어우렁더우렁 술잔이 돌았을까
희미한 의식 속 달뜬 아버지 마음
돈 쓸 일 없던 아버지 인생은
지게 삽 쟁기 풀 내 나는 장갑
깔끄막 오르는 숨소리
그런 고단한 것들만 있었을 뿐.
어쩌다 출타하시던 날은
누구네 집 문상이나 결혼 잔칫날
해묵은 쌈짓돈으로 막걸리 두어 대박 사서
인심 쓰는 날
그런 날 아버지는 들꽃처럼 피어나셨다
한 생 흙에 사시다
치자 빛 삼베 수의로 갈무리하시고
벗은 저고리 태웠던 잊힌 진실의 찰나
파랗게 타오르던 연기, 백만 원
둘째 딸은 돈 되기 틀렸다고.
아버지 노잣돈이나 하시라며

소지 올리듯 부지깽이 저어 올렸다
보름달 그리움 되어 지샌 다음 날
어—호 어 —호
춤추는 상여 소리 북망산 가는 소리
아버지 노잣돈 백만원 가지시고
꽃상여 타고 가셨다

사라지는 것들에 대하여

우두커니 서서 누군가를
기다리는 듯
빨간 우체통 앞에서면
옛 이야기 생각나 멈추는 걸음

공중전화기 앞에 줄 서서
앞 사람 전화가
어서 끝나기를 기다렸던
쌀쌀한 그 밤의 추억은
어느 뒷골목으로 사라졌을까

아궁이 불 가마솥은 밥솥도 아니라는 듯
전기밥솥이 지껄인다
백미취사가 완료 되었습니다
밥을 저어 주세요

기계와 문명에
지배당하며 살고 있을 때
잊히는 속도는 문명처럼 빠르다
없어진 것보다 쓸쓸한 건 잊히는 것.

저마다의 손에 전화기가 쥐어지면서
손편지가 없어지고
우체통과 공중전화가 없어졌다
내 손길을 스쳐 갔을 아늑함
어쩌다 우체통을 만나면
우연히 만난 친구처럼 반갑다

| 4부 |

반 지하

봄 앓이

춘설에 묻힌 남천 열매가
제 속을 들어 내고
나무들은 온몸이 부서져라
촉을 밀어 올리면
어디선가 꽃 피는 소리 들리곤 했었다

갓 피어나는 봄
햇살 속 나풀거리는 흰 꽃 노란 꽃
그 빛깔들은 왜 그렇게 아려 오는지
간헐적으로 일어나는
풋 비린내 진동하는 앓

봄날이 올라치면 이 세상 잠든 자연의 것들은
바람이 흔들어 깨운다고
가지를 건드리는 산수유, 매화꽃
나도 뭉근한 허리 곧추 세우며!
꽃 피겠다

결빙

그 강은
밤새도록 성엣장을 안고 있었다

우우우—웅 바람이 스칠 때 마다
단단해지는 강의 소리
그렇게 속으로만 흐르고 있었다

괜찮아 이 겨울만 지나면 돼
누치 빙어 쏘가리
꼬리 흔드는 물고기들

차갑지만 뜨거움이 전이되는
내 안에 강물이 출렁거렸다

늪, 자궁 속으로

일억 사천만 년 전
백악기 공룡이 뛰놀던 시절
구전으로 전하는 말은
소가 물을 마시는 형상이라 해서
우포라 했다는군
태곳적부터 생명을 잉태하고 키워 낸
창녕 우포늪

어쩌면 그곳은 여인네 자궁 같았을 게야
물 바람 해와 교접한 늪
쇠물닭 논병아리가 발길질해대면
가물치 얌전히 있어라. 꼬리 치는 그곳은
생태계의 성지일 거야

자칭 늪의 남자라 우기는 사람들이
태아 발육을 교감하는 듯
사진을 찍고 거룻배를 타고 장대를 휘저으며
초음파 검사를 하는데
수초 사이로 쿵쾅거리는 생명의 숨소리들
아, 경이로워라

계절이 달을 채우고 물큰한 개구리밥
이제 양수가 터지나 봐
왕 버들 슬멋슬멋 늪의 배를 만지네
콕콕 백로가 푸른 포대기를 만드는 찰나
저것 좀 봐, 전율하는 늪 몸을 푸는데
노랑어리연꽃 가시연꽃이 태어났어

가앙가앙 술래 원을 그리는 뭇 새들
부레옥잠 창포가 일제히 환호하는 거야
들 뜬 우포늪 생명으로 충만하여
다시 비를 부르는 우포 늪
우우우 바람과 햇살과 애무하네

귀뚜루루 귀뚤귀뚤

가을이 왔노라고
밤새 창밖에서 울어대던 귀뚜라미
하고 싶은 말이라도 있었을까
거실 바닥까지 기어 왔다

귀뚜루루 귀뚤귀뚤
시 썼냐 시 썼냐
더듬이로 촉을 세우는 것이다

안썼지 안썼지 귀뚤귀뚤
귀 기울여 내 말 안들었구나
이번에는 앞 발 뒷발 일침을 놓네

썼다 썼다 어쩔래
귀 뚫어 쫑긋, 네 이야기 썼다
귀뚜라미 시 한편 남겨주고
풀숲으로 갔다
귀뚜루루 귀뚜루루 귀뚤귀뚤

무인도에서

실안 바다 어느 무인도
갯메꽃 덩굴 산달이 다가왔을까
꽃잎 열었다가 닫았다가
들숨 날숨이 홍건했다

애가 탄 칠게들은
뻘 구멍으로 들락거리고
아득한 한 뼘
줄기를 힘껏 밀어 올릴 때
쏟아내는 핑크빛 꽃이여

오십여 년 전 나락 베다
나를 낳았다는 어머니와
삼십여 년 전 밤을 지새우며
딸을 낳았을 때처럼
갓 낳은 아이 첫 울음소리
갯메꽃도 뚜뚜 나팔 불었다

어머니의 딸과 나의 딸이
푸르게 세를 넓혀가 듯
갯메꽃 생생生生 피어오르고 있었다

피켓을 들다

푸르스름한 거품 감기처럼 쿨럭 거리는
강물이 신음을 하고 있다
좀주름다슬기 온 몸으로 문자를 썼지만
아무도 읽어 내지 못한 체
붉은 깃발만 펄럭이고
비늘이 건조했던 물고기는
절 집 추녀 끝에 매달려
풍경소리 울리는데
간과할 수 없는 사람들이 피켓을 들었다

포크레인 습격해 실신한 강을 소생 시키는
환경단체들의 긴 여정
발목이 문드러진 갈대가 이제는
새 살이 돋는다고 흔들리고 있었다
오 되살아나는 파랑의 강
은비늘 물고기 떼 포물선을 그리고
물 위를 걷는 왜가리
이제는 정 붙이고 살만한 곳이라며 수런대고 있다

사람과 자연이 상생하는 생명의 강

물水자로 만나 내川자로 흐르는 낙동강 유장한 물결
하늘도 흐르고 구름도 흐르고
살아가면서 여울져 가는 것이 어디 물뿐인가
강변에 가면 흐름의 미학을 안다
사랑도 인생도

말밤에 대한 고찰

그녀는 말밤을 아느냐고 했다
포실한 밤처럼 맛있다고...
나는 처음 들어 보는 생소한 말밤
고속도로 휴게소에서 파는
단밤이라고 했네

들어도 보지도 못한 말밤
어느 날 화포천 습지에 바싹 엎드려 있는
모시 잎처럼 생긴 이파리
어떤 사람은 이파리가 마름모처럼 생겼다 해서
마름이라 한다는군

어둠 같은 기다림 뒤에 습지는 몸을 열고
말밤을 내어 준다고 하니
자세히 들여다보지 않으면
지나쳐 버리는 말밤 이야기
남몰래 여며두었던
제 가슴을 살며시 보이고 있었다

그런데 말밤은 먹어 보지 못했으니
단밤이라도 사 먹어봐야 하나

벌목

잎 새 사이로 출렁이는 햇살도 잠시
무너지는 나무들의 수난
아수라장이다

날 선 톱날이 번뜩일때마다
숲은 흔들리고
수피를 찍는 혼절의 끝
누가 나무의 비명 소리를 듣기나 했을까

부르르 떨다
푸른 피 절절 흘리는
슬픔의 무리들

나무야
어쩌면 좋으니
너에게서 계절을 알고
풍경에 물들었는데

텅 빈 마음
바람만 부는 구나

반 지하

그곳이 늪이란 것을 나중에서야 알았네
누군가가 그려 놓은
물이 흐르고 꽃이 핀 20도 경사
한 발 한 발 내디디면
내 몸은 서서히 아래로 스며들지
스며드는 동안
여기가 늪이네요 늪! 외치면
벽화 속 시인 묵객들이
연잎 같은 부채를 흔드는 거야
꽃무늬 원피스를 입은
키 작은 여자는 또 어떻고
따오기 선회하듯 버선발로 마중하는
도순 씨 웃음소리에 또 한번 빠지네
왕 버드나무 곡선을 이루듯
선이 아름다운 사람들이 모이는
그곳 반 지하
창원시 대원동 27번길4
오늘도 이층 꽃집 여자가 내다놓은
형형 색깔의 꽃들이 마당을 쓸고
고니같은 사람들 모여 앉아
훗호훗호 책을 읽고 글을 쓴다

눈꽃

겨울에만 피는 꽃
만지면 눈물 나는 꽃

하늘이 키운 것인지
땅이 키운 것인지

밤새도록 눈물을 모아
송이송이
피었다

눈이 부시게

횟대에 핀 삽화

무제

진영 14번 국도를 달리는 트럭
짐칸에 매달린 소가 위태롭다

바람에 맞선 두 눈
운명을 예감했는지 지그시 감았는데
트럭이 달릴수록 위태로운 다리
저 다리로 외양간을 떠나지 않으려고
얼마나 버텼을까

아스라이 멀어져 가는 트럭

축협 공판장 식육식당 축 개업 전단지
꽃 등심 빨갛게 접시위에 피어있었다
마지막까지 여물 냄새가 물씬 풍기는
아늑한 외양간 생각했을 그 순박한 눈망울,

문득 밭일 하고 온 소 목덜미 어루만지면
음메 하고, 반응하는 아버지와 소의 연민이
아지랑이처럼 피어올랐다

횟대에 핀 삽화

횟대에 걸린 보랏빛 어머니 스웨터
방에 들어가면 마음이 포근해서
일부러 걸어놨다고
해설피 툇마루에 앉은 큰 오빠 말씀 하셨네

당신 가시면서 딸네들 입어라고
남겨 둔 흔적 아직도 아릿한데
꽃이나 보아라 하고 피었을까

산소에 나란히 핀 쑥부쟁이 두 덤불은
하얀 두루마기 입은 아버지요
보라색 스웨터 입은 어머니였으니
횟대에 핀 보랏빛 삽화
나의 마음 풍경으로 피었네

그 남자가 사는 법

배밀이를 하는 인어 한 마리
수초 같은 인파 사이로 생을 유영 한다

그의 바다는 오일장
하루치의 생을 위해 가슴 닳도록
항해하는 운명

찬송가 소리는 구원의 음표
동정 한 닢 인정 한 닢 푼푼히 쌓이면
갈비뼈 사이로 포말이 일었다

수세미 빨래집게 옷걸이
그의 밥벌이가 밀물지듯 빠질수록
더해가는 생의 밥그릇

파장이 오면 팔리다 남은 꿈은 갈무리하고
인어의 옷을 벗는 남자

산다는 것이란 인어로 산다는 것
오일장 바다를 건너가는 것

구포 오일장 등대가 깜박 거린다

소나기

저녁밥을 먹는 찰나 번뜩이는 하늘의 빛
놀란 별들은 자리를 뜨고
툭, 소리와 함께 백열등이 꺼지고
텔레비전 속사람들이 일순간 사라졌다
동생도 나도 아무것도 보이지 않는
세상은 캄캄 적막 밥을 먹다가 더듬더듬
서랍 안에 양초를 찾아서 더듬더듬
내 손을 스치는 모든 것이
어둠으로 이어지는 이쪽과 저쪽 이었다
더듬더듬 성냥을 찾아 촛불을 켜고
천둥번개가 사라져 전깃불이 들어오기를
큰댁에 제사 지내러 가신 아버지 어머니가
어서 오시길 기다린 무서웠던 밤
비는 지붕을 두들기고 다시 툭,
백열등이 켜지고 텔레비전 속 젊은 여자가
지역에 따라 천둥 번개를 동반한
소나기가 내렸다 한다
기차가 청도역과 상동 역을 지나가는 사이
차창을 스치는 작달비, 불현 듯
소나기 내린 그 무서웠던 밤이 생각나는 것은

터널 속에서 앞 열차와 연착이 있어
느리게 달렸던 까닭일까
열차가 어둠 속에서 빛으로 나오는 찰나
작달비도 그 시절 생각도 소나기처럼 지나갔다

겨울 연가

나무들이 추위에
떨고 있는 소리 들리나요

마른 들풀은 서걱거리고
눈 속에 묻힌 열매들은
제 속내를 들어냅니다

아프면서도 피어나는 통증
겨울의 안과 밖 그 간극에서

바람 속으로 걸어 갔어요

그 겨울의 찻집 노래를 부르는
어느 음유시인
그가 튕기는 통기타의 파문에서
쓸쓸하지만 따뜻한 공명
파문이 일어납니다

어떤 연례행사

은행나무 자전거를 타고 달리는
우체부 아저씨가
노란 엽서를 뿌리고 가삤는데
우짜면 좋노

은행나무 우체국은
해마다 하는 연례행사라면서
알아서 주인 찾아 날아간다 하는데

집집마다 한 소쿠리씩 날아가서
빛나거라 빛나거라
금빛으로 빛나거라 한다는데

모두 은행 이파리 받을 준비 하이소

시와 늪 11주년에 부쳐

여기는
십일 년을 휘돌아 온 빛나는 무대
꽃향기를 불러 모으고 사람들도 불러왔다
긴긴날 바람과 구름을 스쳐온
원로 작가들의 축복의 말씀이
가슴마다 종을 울리고

남자는 시를 노래하면
여자는 시를 낭송하고
한 여자는 시를 춤춘다

처음 늪을 계간하였을 때
섬처럼 아득히 멀었다
감자 꽃이 피면 슬프지 않을거야
돌아보면 기억의 유전자로 뜨거워지는 것을,

일체유심조
모든 것은 마음먹기에 달렸다고
이편에서 저편까지 붓으로 이끄는 획
점이 선이 되어 원을 그렸다

손을 잡으면 마음까지 깃드는 따뜻한 동행
노란 은행잎이 나부시 내린다
금빛이다

애월에는 초승달이 뜬다

바다도 그리움을 타는 것일까
해안가 모습이
초승달 같아서 애월이라는
그 바닷가

수평선 먼 곳 애서 수식이 없는 말을 빚어
파도와 바람을 불러 들여
켜켜이 밀려오고 있었나니

언제 그대는 다시 돌아와
이 사연 읽어 주실까

두고 온 뭔가가 있는 것 같은
마음에 담아 둔 거기,
애월

노인들이 사는 집

오랫동안 말려져 있던 도화지처럼
자꾸만 몸이 안쪽으로만 말려지는 노인들
침대마다 약봉지는
기일을 어기면 안 되는 고지서 같다
창가 침대 할머니는 아들인 듯
늙숙한 남자와 맞잡은 손
무엇을 말하고 싶은 것일까
집에 가고 싶은 것인지
요구르트를 마시다 말고
보자기를 싸매는 어머니
요양보호사의 만류에
우련한 눈빛이 쓸쓸하다
한 때 푸른 나무가 잎 새 떨어뜨리고
앙상한 가지만 남은 것처럼
봄 날 지나고 날개 접은 나비처럼
정물화가 되어버린 노인들
그저 허허로운 웃음이 낯설게 떠다니는
무료한 시간, 회색빛 건물 김해 요양병원
바람에 흩어졌다 모인 낙엽들이
춥다고 잉잉거렸다

시가 되고 바람이 되어

-이세진 시인 추모 시-

쑥부쟁이 피던 그 해 가을
보고 싶었던 사람 죄다 불러 놓고
비는 은실처럼 내렸지요

이날은 문곡 시인님의
저녁 무렵의 구두 한 켤레 시집 출판회
시가 가슴에 물들어야 한다고
사람이 시가 되어야 한다고
쑥부쟁이 색 닮은 보랏빛 시집을
선물로 주셨던 문곡 시인님
그 모습 아지랑이처럼 피어 오릅니다

계절이 가고 오는 사이
소박한 웃음 여전하셨는데
어느 날 쉬고 싶어 멀리 와 있다던
전화기 속 들렸던 음성
그 멀리가 영원한 멀리일 줄을

사람의 흔적을 따라가면
그 사람의 온기가 느껴지는 것처럼

문곡 시인님,
당신의 시와 사랑은 따뜻한 위로였습니다

이제 하늘에서 가장 빛나고 있을
시인님의 별에게 두 손 모읍니다
못다 한 말 시가 되고 바람이 되어
세상 사람들 가슴에 풍경소리로 울리소서

달동네 단상

순천시 조례동 달동네
집집마다 가난과 애환이 처마를 맞대고
퇴락한 지붕에는 회색빛 파문이 인다

가파르고 좁은 골목길 햇살마저 없었다면
담장에 핀 민들레는 쓸쓸했을 것이다

공터에서 노는 아이를 부르는
반찬 같은 엄마 목소리 집들은 불이 켜지고
늦게까지 야근하고 귀가하는 여공이
어두운 골목길로 들어설 때
성당 꼭대기 십자가 불빛은
따스한 수신호를 보내지 않았을까

이 동네 사는 사람들은
수돗가를 같이 쓰고
연탄불로 방을 데우는
한 지붕 사글셋방 사람들
칸칸 방들에는 사연도 비슷하여
공장으로 날품팔이로 생계를 잇는 것

그들은 변두리에서 낮은 웃음으로 피어났지만
한 번도 슬퍼하지 않았다

지금은 빈 둥지만 남은 달동네
가난했지만 꿈이 있어 안온한
그들만의 자화상이 서려 있었다

아, 윤동주

해가 지는 시간

해가 지는 시간은
사랑하는 사람이 돌아오는 시간이다

노을빛 바다에 깃들면 물고기를 싣고
항구로 돌아오는 배처럼

현관에 모인 신발들이
낮 동안의 이야기를 풀어 놓는 시간이다

초승달과 첫 별을 섞은
저녁밥을 먹는 시간이다

견우성 직녀성

하늘에 올린 일천 번 기도
그대 그리워질 때마다 보름달 달무리 지고
허공의 여로 쓸쓸한 재회 다음 해를 언약했네
별 무리 내리던 전설의 오작교에서

삼팔선 너머 이산의 아픔
먼 길 휘돌아 온 70년 만의 해후 남남북녀
사랑하지만 헤어져야 했던 애별리고였네
기약 없는 눈물의 판문점에서

삿갓 씌운 등불 아래
손글씨로 적은 닿지 못할 주소지
그리움이란 아득히 먼 곳이라 포물선만 그렸네
달맞이꽃 핀 창가에서

귀환

조국을 지키다 초연히 사라진 여기
청춘의 슬픈 이야기가 있습니다

70년 동안 슬프도록 묻혀 있었던
아무도 찾아오지 않았던 침묵의 땅
이제 국방부 유해발굴단이
잊힌 전우를 마중 나왔습니다

한 삽 한 삽 파 내려 간 땅속에는
탄피와 수통 군번 줄 그리고 반지,
얼룩진 유품이 희멀겋게 스러졌는데
엎드려 있거나 웅크린
뼈의 퍼즐을 맞추다 보면
누구의 아들이었고 남편이었을
못다 핀 청춘

드디어 세상 밖으로 나 온 유해
너무 긴 기다림이었다고
이제 집으로 돌아가겠노라고

말을 건넵니다
백마고지 하늘 아래서

이 사진을 보세요
-1919년 삼일절 사진을 보고-

이 사진을 보세요
채도는 사라지고 무채색 바탕이 아릿하네요
시계를 과거로 돌려 볼까요
천구백십구년 기미년 그 해
아우네 장터에서 탑골 공원으로
한반도는 만세 물결로 가득 했지요
빼앗긴 조국을 찾기 위해
가슴속 문신 같은 태극기 휘날리며
들불처럼 일어난 함성
대한독립만세 소리가
사무치게 들리지 않나요
총검을 장전한 야수들 앞에서도
두렵지 않은 혁명, 예고된 주검,
쉽게 스러지고 쉽게 무너지고
그러다가도 곧잘 일어서는 저 확신들
해마다 꽃은 피고 지고
기억들은 떠올랐다 잊혀 져도
박제되어 있는 슬픈 역사는
영원히 기억되는 것
이 사진을 보세요

개망초꽃, 불편한 진실

구한말 시대 경인선 철도 침목에
씨앗이 흘러왔을 뿐인데
나라를 망친 망국초라고
북미에서 그릇이 깨질까 쌓여왔을 뿐인데
대한 제국이 망했다고
사람들이 갖다 붙인 이름
'개'자를 붙여 개망초라 불러도 아랑곳 않고
바람 따라 흔들리던 몸 짓
나는 그만 가던 길 멈추었네

보릿고개 빈곤한 시절
허기 달랬다던 나물밥 이야기도
소쩍새 소리로 들리건만
산과 들 묵정밭에서도
끈기 있게 살아남은 희디 흰 꽃
이 땅의 민초 백의민족이 아닐까
이제는 개망초라 불렀던 화해의 꽃말에다
계란 프라이 꽃이라고 고명 같은 詩를 보낸다
무심했던 마음도 얹어

김수로 허황옥 연가

담장 너머 주홍빛 실루엣
등불을 켜요

나의 사랑
아유타국 공주시여
운명처럼 다가온
나의 수로여

가락국을 창대하게 빛낸
하늘이 맺어준 인연이

능소화 아롱진
왕릉 공원 달빛 아래
이천 년 전 사랑이
가야 왕도를 물들여요

무궁화

민족의 뿌리가 뿌리로 이어
맥박으로 핀 가슴마다
뜨거운 꽃 한 송이씩 달았다

하늘과 염원을 담아 울리는
바다와 땅의 노래

건곤감리
선명한 태극 깃발 아래
무궁무궁
피었다

아, 윤동주

봉선화 꽃 슬피 피던 시절
질펙이던 설움 햇살에 말리며
낮은 웃음으로 피어나는
그리운 이름들이 있었습니다
잃어버린 조국을 동경하며
간절한 그리움이 있었습니다

불면의 밤
시를 쓰던 슬픈 밤
원고지 갈피 마다 야윈 꿈들은
손끝에 매달아 포물선을 그리고
무시로 흐르던 소리 없는 눈물
육첩방 등잔불은 그렇게 떨었던 가요

고립된 나라
당신은 민족의 문학을 빛낸
별의 영혼

시인이여 아시나요
들풀처럼 일어 난 당신의 땅

해토머리 벌판에
흰옷 입은 사람들의 태극 함성을
돌돌 흐르는 샘물 살구꽃 핀 조국을

시인이여
그리움의 거리만큼 먼 하늘
바람에 실은 기도는 파문이입니다
골 너머 영혼의 북쪽 동그란 무덤에는
파란 잔디가 돋아나고
이슬 젖은 밤이 오면 별이 스치웁니다

연리지

미스 김 라일락

많은 성냥개비를 달고
어떤 이의 마음에 불을 지피나
보랏빛 꽃잎 사뿐사뿐 번진다
하,
설레었던 날
미스 김 라일락

소리

두런두런 수군수군 웅성웅성
바스락거리는 소리

풀꽃들이 마른 낙엽을 헤집고
기지개를 켜는 소리

자고 나면 살이 통통하게 오른
쪽파처럼

쑥쑥 한 뼘씩 자라는
냉이 꽃 광대나물 봄 까치꽃

조용한 혁명을 꿈꾸며
땅의 소식을 알리고 있었다

전어를 구우며

광활한 바다를 누비던 전어가
숯불 위에서 굽히고 있다

타닥타닥 왕소금이 튈 때마다
바다 속 유영을 잊지 못하는 듯
활처럼 휘는 저 힘줄
눈동자에는 아직도 푸른 파도가
출렁이고 있었다

삶이란 내 몸에 바다가 살고 있어
풍랑과 해류에 뒤채며
칼칼한 눈물을 적시는 것일까

노릇한 전어구이 한 접시 놓고
얼른 젓가락이 가지 못했던
뜨겁고 긴 여운
미열처럼 앓았다

연리지

얼마나 그리웠으면
내 마음의 꽃가지
그대에게 닿았을까요

당신의 가슴으로 스며든다면
하나 되어 한 나무로 살 수 있다면
나 그대에게 깃들고 싶어
슬며시 기대는 나무의 몸 짓

가지마다 새긴 간절함이
마침내
전 생애를 부둥키고 있습니다

몇 겹의 생을 지나와서
그루터기 만개한 사랑
둘이서 하나 된 신랑신부가
부푼 봄날의 저녁에
꽃 등불 켭니다

골목을 생각함

골목을 떠올리면 환해지는 풍경들
장독대를 지나 앵두나무
석류꽃 키다리 꽃

골목길에는
옛날 사람들의 이야기가
정물화처럼 깃들어 있있네

소꿉놀이하는 아이들 부르는
반찬 같은 엄마 목소리
외삼촌 부음 소식 듣고 달려가다
고꾸라져 쓰러진 어머니

시집가는 친구를 위해
동백꽃 부케 만들던 동네 언니들
밤늦도록 놀다가 집에 올 때
귀신 나올까봐 무서웠던
그때, 후레쉬 비춰 주셨던 외숙모

고요히 쉬고 있는 회색 추억

기억 속 골목길 이야기들이
들려올 것만 같아 오도 가도 못한 체
담벼락에 그리움을 말린다

털이범

잡았다!
은행털이

한 사람은 장대로 털고
한 사람은 마대 자루에 쓸어 담더니
트럭에 싣고 냅다 달린다

아주 조직적이다
노랗고 구린 냄새가 진동하는
암만해도 전문 털이범 같다

은행나무 아래서

은행나무 가지가
어깨를 스치며 한마디 합니다
먼 산 보고 가라고
나는 그저 시절이 좋아서 아꼈을 뿐인데
잊혀진 계절이나 부르고 있다고
소매라도 잡을 판입니다

가을이 온통 뒤섞인 길 끝
왠 남녀가 얼굴을 포개고 있네요
불그레 진 단풍나무
은행나무는 모른 체
슬몃 하늘을 보여 줍니다

콕 찌르면 눈물이 날 것 같은
시린 하늘,

당신, 그곳도 안녕한지요

기타리스트

몸 안에 오선지가 있는 것일까
통기타를 연주하는 무명 가수가
음파를 낸다
서른 즈음에, 사랑했지만
사람들은 바람의 몸짓으로 흔들렸다

청춘
그 빛나는
이 세상 잠든 영혼은
바람이 흔들어 깨운다는 기타 소리
골목 벽화에서
통기타를 매고 나오는 김광석
가락과 음표들도 흘러나왔다

한때 나무였던 기타
기타리스트는 주술처럼
다시 나무의 영혼을 불러내
함께 울어주는 사람
조명등을 휘감은 나무가
잭을 꽂고 반짝이고 있었다

지나간 것은 그립고
그리운 것은 추억이 되는
김광석 거리, 바람이 스친다

낙화도 아름다운 선암사 겹 벚꽃

방금 땅에서 솟아올라 피어 난 꽃
꽃송이가 꽃송이가
살아있었지요

겹겹 퀼트 하여 깔아 놓은 이부자리
살면서 지나친 꽃들은
내 몸에 잠시 향기로 숙박하는
손님일까 싶어 스치는 여운

'연분홍 치마가 봄바람에 휘날리더라'

봄날은 간다지만
기다릴 계절과 설렐 꽃이 있어
추억의 뒤안길로 달려가 봅니다

아, 낙화도 아름다운 선암사 겹 벚꽃
당신의 마음 밭에는
또 어떤 꽃이 함초롬히 피었는지요

모과 후기

향기는 열매가 다 가져갔는지
그다지 진하지 않지만
우아하기 이를 데 없는 모과 꽃

꽃은 저리도 여리고 순한데
열매는 밭일로 평생을 보내신
어머니 손처럼 거칠어 살며시 만져 본다

은은한 모과 꽃처럼
익어 갈수록 단단해져
숙성해지는 모과 열매처럼

나도 순하고 향기롭게 익어 가고 싶어
모과청 하고 남은 열매 두어 개
선반위에 얹어 놓았네

토박이 말씨

여보세요 김미경 씨 맞나요
어디래요
아, 김미경 씨 아닌가요
아니래요 전화 잘못했더래요
미안합니다
갠찬스무니다

전화기 너머에서 들려오는
둥글둥글 감자 같은 말씨
숫자 하나를 잘못 눌러
전화한 것이 강원도 분이었다

이 정겨운 말씨가 좋아
경상도 토박이 사나이한테 전화를 했네

밥은 뭇나
한번 온나 보고 잡다

따스한 훈김이 도는
친구의 국밥 같은 말씨

토박이 말씨는 태생부터 전해져 오던
언문의 주소지요 순한 말
문득 희디 흰 정구지 꽃이 아른 거렸다

등대

어둠 속에 살며시 들어온 빛
가만가만 뱃고동 소리 들으며
깜박깜박 신호를 알린다

흰색 등대는 오른쪽 항구로
빨간색 등대는 왼쪽 항구로
손을 흔드는 사람들

등대는
길 잃은 나그네의 북극성
바다 위의 별
오늘도 포구에 서서
바다를 바라보고 있다

빗소리

이른 새벽
빗소리 듣고 눈을 뜨고
다시 잠들지 못했다

누구였을까
밤새 내 창문을 두드렸다

11월 행 버스를 타고

안 해

그 집 남편은
아내를 안 해라 하지
하늘의 태양은 사물을 비추지만
아내는 집안을 비추는 해
안 해라고…

저 멀리 심해 속을 건너온
대구 명태 고등어
파도에 뒤챈 이야기들
안 해의 혼수품 냄비에서
얼큰한 속내 풀어 놓으면
출렁이는 연민의 정
그 틈틈이 햇살은 진실 했노라며…

정 남향 그 집 창가에 해가 뜨면 거기,
꽃기린 화분에 물을 주는
안 해의 은빛 물줄기
오늘도 저리 환한 안 해가 있어
고마웠노라고 하던 머리 희끗한 한 남자가
적막처럼 서 있었다

오월

미루나무 이파리가 흔들리는
창가에 앉아 있으면
피천득 시인이 생각나서
찬물로 세수를 한다

길목마다 연둣빛
숨결이 묻어나는 곳

오월은
나도 청신한 모습으로
연둣빛 원피스를 입어 볼까

계절의 여왕 오월이라지만
나는 푸른 소녀처럼 살고 싶다

수목장을 위한 詩

생에 마지막 작은 쉼터 다듬어서
한 그루 나무가 되고 싶어라

계절이 순환하는 숲에서
바람소리 들으며 길손들과 상생하는
살뜰한 나무 한 그루

새들이 날아와 집을 짓고
그루터기 피는 들꽃들
이슬 젖은 밤이 오면
별 무리 내려 속삭여 주겠지

가끔 나를 추억하는
그리운 안부들이 찾아와
삶의 이야기 노래 할 때
나는 반가워 나뭇가지 흔들 것이며
따뜻한 보금자리로 가는 그들을 위해서
기도하리

언젠가 나의 인생 마침표 찍는 날

자연 속에서 자연스럽게
한 그루 나무 풍경이 되고 싶어라

나의 신발이

어디든 데려가 주고
또 어디든 디뎌보며 살폈던 신발
그 걸음 마디에 너에게 닿고 멀어져
걷다가 멈추다가 돌아보았네

몸을 위해서라면
뒤축을 닳아내야 했던 애잔함
웃으면 오른 신발이 글썽이고
슬프면 왼 신발이 괜찮다 하는지
뭔가 뭉클한 것들이 여기까지 왔구나

때로는 사랑과 미움 따위에
발목 잡혀 갸우뚱거렸어도 다시,
농구 선수처럼 점프하였음을

바람이 차가워 졌어
내 발을 감싸는 이백 삼십오 문
오늘은 쉼 없었던
여정의 끈을 풀어 주고 싶다

핸드폰의 사색

핸드폰 사진기에 담긴
꽃 피는 소리 들어 봅니다
뿌리에서부터 꽃대까지 걸어온
꽃의 멀고도 먼 행로

삶은 늘 들숨과 날숨 같아
밀려갔던 것들이 이제 돌아오는 듯

우리도 어쩌면 몸의 소속을 떠나
흙이나 공중을 떠돌다 만나는 의미일까 싶어
마주 보는 액정에서 설핏,
손끝을 대 봅니다

민들레꽃 잎 틔우는 소리를

음악이나 시가 없었다면

못다 핀 꽃 한 송이
가사 하나하나에 교감을 담아 노래하는
어느 보컬가수
꽃 한 송이 피는 과정이
바람 불고 비에 젖어 절절했다
마치 들국화 한 송이가 피는 들판에
내가 있는 듯 오롯이 전달 되었다

그는 마지막 소절에서 절정에 다가갔는데
'피우리라'에서 마이크를 때며 양팔을 벌렸다
뭐랄까 꽃 자에 들어있는 ㅗ 모음처럼
팔을 벌리더니 마이크를 땐 체 '피우리' 하는 것이다
이어서 꽃대를 밀어 올리듯 다시 마이크를 갖다 대며
'라!' 했을 때 팝콘 터지듯 피는 꽃!
오랜 기다림 끝에 꿈의 꽃이 피는 듯 벅차올랐다
긴 파마머리도 매력적인 그의 노래는
감동의 사운드로 공명 울리는 꽃이 되었다

이 세상에 음악이나 시가 없었다면
세상은 얼마나 삭막했을까

전하고 싶은 말을 글자에다
감정과 색깔을 입혀 위로가 되고 힘이 되는
시와 음악, 그 시와 노래 사이에서
나도 못다 핀 꽃 한 송이 피우리라

11월 행 버스를 타고

버스가 길 모롱이 돌아갈 때
일순간 차창 안으로 스며 든 노란빛
은행나무 길이었습니다

운전수도 승객도 지나온 시간이 속속 물든
슬프고도 고왔던 날들을 싣고
피안의 세계로 가는 듯했습니다
우리가 못 알아보고 지나쳐 온
삶의 뒷모습 같았지요

버스가 덜컹거립니다

친절한 안내 멘트가 만남과 이별의 정류장에
한 사람씩 태우고 내려놓는데
글썽이는 마음은 어디다 부려 놓아야 하는 가요
이윽고 한 여자가 내렸습니다
칠암 도서관 가는 길은 온통 노란빛

바람 한 바가지 퍼다 붓습니다

오오 노란 이파리들
저 흔들리는 가지들
나는 언제나 피고 지는 일에 무심했을까
걸음이 자꾸 느려집니다
이러다 한 계절이 가겠지요
만날 수 없는 사람들이 그립습니다

당신,
그곳도 안녕한지요

윤혜련 시집 평설

"초월명상超越瞑想과 소박한 밥상"

　　　- 예시원 시인(문학평론가)

"초월명상 超越暝想과 소박한 밥상"

예시원 시인(문학평론가)

■들어가며

누구나 가끔은 혼자만의 시간을 가지며 명상과 사색을 할 때가 있다. 그러다 좀 더 행동에 옮겨 낯설고 먼 곳으로의 여행을 떠나기도 한다. 이때 망설일 수밖에 없는 제약조건을 안고 있다면 어떻게 해야 할까. 그럴 땐 주저 없이 시공을 초월한 유체이탈幽體離脫을 한번 시도해보는 것이다. 그것을 수행하는 사람들은 초월명상超越暝想이라고 표현하기도 한다. 단지 단체별로 용어에 집착한 해석상의 차이만 조금씩 다를 뿐 원리는 같은 것이다.

시인들은 누구나 자주 초월명상超越暝想의 깊은 단계까지 수행하여 달인이 되기도 한다. 시집 〈당신, 그곳도 안녕한지요〉의 시편 전체를 살펴보니 윤혜련 시인은 오랫동안 고향에서 자연과 함께 일상에서 저절로 명상과 사색을 해 온 것으로 보인다. 때론 골목길에서 누군가를 기다리며 희열에 들떠있기도 했고 생의 한가운데서 혼잣말을 하며, 슬픈 독백이나 탄주 음 같은 소리가 나는 악기 연주를 하면서 순탄치 않은 삶의 여백을 메우기도 하였다.

어떤 시인들은 밤새 열병을 앓으며 새벽까지 원고지를 메우는 동안 타인의 자리는 없는 강퍅하고 메마른 작품들을 내놓기도 하는데, 윤혜련 시인은 늘 여백을 통해 타인들의 자리를 마련해놓고 초대하는 열린 마음을 소유하고 있다. 그녀는 늘 낯선 곳으로의 여행과 타인들과의 저녁 식사를 꿈꾸고 있지만, 언제나 제자리를 지키며 한 곁엔 그들의 자리를 마련해 놓고 있는 것이다. 그녀는 낯선 이들에게 안부를 묻는 슬픈 동백꽃처럼 붉은 마음이지만 이내 곧 하동의 녹차 밭처럼 푸른 마음으로 돌아와 차갑게 이성을 되찾고 있는 모습을 보여준다.

시와 늪에서 자주 접하는 그녀의 시편을 통해 들여 다 본 시인의 정원엔 늘 은은한 설렘의 향기가 품어져 나온다. 그 정원엔 결코 화려하거나 복잡한 알고리즘algorism, 체계, 계산으로 부터의 탈출 또는 도시탈출 같은 것을 꿈꾸지는 않는다. 왜냐하면 그녀는 애 저녁에 일찌감치 화려함을 원치도 않았고, 소박한 일상에 소박한 밥상을 차려 함께 나누는 평범함을 견지해왔으며, 앞으로도 그렇게 살아갈 것처럼 행보를 보이고 있기 때문이다.

오랫동안 시 창작을 해온 터라 작품들이 솔찮게 탄탄히 엮여져 왔기에 첫 시집 〈당신, 그곳도 안녕한지요〉를 내 놓는 시기가 많이 늦은 감이 있지만 농익은 시집이라고도 할 수 있다. 그만큼 맛있는 시편들이 많이 들어있다는 것이다. 야산에 핀 앵두나 오디, 산딸기와 같은 열매들이 수확기를 놓쳐 바닥에 떨어지고 있긴 하지만, 그 나뭇가지 밑에 양동이나 대야를 받쳐놓기만 하면 아주 맛있는 과일 잔치가 열리는 것이다.

화려한 수식어나 외래어를 갖다 붙여 복잡한 말놀이를 하지 않아도 그녀의 시편 하나하나는 오염되지 않은 순수함 그것만으로도 오마주hommage, 찬사를 던질만하다. 자연의 아름다움을 노래함과 고향 집의 어머니, 주변 이웃들과의 평범하고 소박한 이야기에는 거짓과 진실의 구분이 있을 수 없으며, 그 자체만으로도 이미 삶에 대한 진정성이 살아 있는 작품이라고 할 수 있다.

이제 그녀의 맛있는 과일 잔치와 소박한 밥상이 놓여 있는 고향집 대청마루 위로 함께 들어가 본다. 올여름엔 수박이 참으로 달고 시원하게 잘 익었다. 그 과육은 더욱더 붉기만 하고 고향의 달빛은 교교히 물레방앗간을 비추고 있다. 향 싼 종이에는 향내가 나듯 하동의 오래된 이야기들은 가마솥에서 익는 구수한 누룽지 냄새가 풍겨난다.

홍시가 되기까지 그 붉은 자락이
가지처럼 뻗은 담장 너머
저녁노을도 한 점 홍시입니다
어느덧 필라멘트처럼 매달렸습니다

지나고 보면 햇빛도 작달비도 무시로 스친 바람도

공습경보처럼 울렸던 천둥 번개도
스위치를 켰다, 껐다, 지금처럼
홍시가 환하게 켜진 까닭일 테지요

어쩌면 홍시를 매단 감나무는
지난 옛사랑이 그리워 가으내 불 밝히며
담장 밖을 바라보고 있지 않을까요

좀 더 추워지면 이름조차 몰캉해져
어느 저녁을 감고 있을지
겨우내 항아리에서 속살까지 환한
붉은 종 하나 꺼내봅니다

윤혜련 시인의 시 『홍시』 전문

홍시가 되기까지의 과정은 감나무가 중심이 되지 않고 시골집 한 귀퉁이에 말없이 버텨선 채 오랜 세월을 보내며 인내의 열매를 맺게 된다. 그 인내의 과정은 결국 그리움의 시간이며 시간 속의 곡절 많은 사연을 다 품어낸 결과물이라고도 할 수 있다.

윤혜련 시인도 작품 3연에서 '어쩌면 홍시를 매단 감나무는/지난 옛사랑이 그리워 가으내 불 밝히며/담장 밖을 바라보고 있지 않을까요'라며 진한 그리움의 시간을 드러내고 있다. 외딴 구석에서 산다는 것은 참으로

대단하고 멋진 일만은 아니겠지만 그렇다고 소외감과 우울함에 젖어 마냥 슬퍼 할만한 일도 아니다.

어쩌면 사람과 사람 사이의 관계를 너무 의식한 나머지 자유 없는 생활을 하며 인간의 기본적인 행복조차 누리지 못하고 사는 이들이 많기 때문에 한 귀퉁이에서 사는 것도 행복할 수 있다.

2연 1행처럼 '지나고 보면 햇빛도 작달비도 무시로 스친 바람'도 홍시처럼 결코 몰캉하지 않은 산전수전공중전山戰水戰空中戰의 통각의 시간을 보낸 뒤에야 달달한 홍시로 익어갈 수 있다. 사랑이나 사람도 늙어가는 것이 아니라 다 익어가는 것이다. 과일나무의 열매도 그와 크게 다르지 않다.

1연 1행처럼 '홍시가 되기까지 그 붉은 자락이' 사실은 담장 너머로 가지가 뻗지 않고 감추고 싶은 마음이 절절했던 것이다. 감추고 싶은 가장 큰 이유는 어쩌면 더 큰 욕망을 가지고 있기 때문일 수 있다. 결국 조금이라도 더 크고 붉게 익어가는 모습을 드러내고 싶은 붉은 마음이었던 것이다. 그것이야말로 윤혜련 시인이 말한 것처럼 '홍시가 환하게 켜진 까닭'이었던 것이다.

나는 몰랐네
논둑에 핀 그 자줏빛이 자운영인 줄

새참 막걸리 한잔하셨던 아버지가
얼굴이 발그레 진 것은
막걸리 주전자가 자운영 덤불 속에 있었다는 것을

흥겨운 농부가로 못줄 띄면서
한 포기 한 포기 채워가던
봄날의 무논은
아버지의 희망이었다는 것을

논 고동 갈 之 자로 시를 짓고
왜가리 날갯짓 풍경을 흔들던 무논
그곳엔 이제 자운영도
논 일 하시던 아버지도 없고
바람 소리 몇 구절만 지나가네

　　　　윤혜련시인의 시『아버지와 자운영』전문

　'아버지와 자운영'에서는 전체적으로 찔레꽃이 하얗게
핀 고향의 언덕과 들판에 황토 빛으로 그을린 아버지의
얼굴과 빛바랜 적삼에서 진한 땀 냄새가 느껴지는 작품
이다.

　'논둑에 핀 그 자줏빛 자운영'은 관대한 사랑을 뜻하
는데 살아서도 사랑을 베풀고 죽어서도 대지를 위해 헌
신하는 식물인 자운영이야말로 가족들을 위해 희생해 온

아버지를 상징하는 꽃이라고 할 수 있다.

시인은 작품에서 아버지의 얼굴이 발그레해진 것은 새참 막걸리 한잔으로 자운영처럼 붉어졌기 때문이라고 표현하였다. 전통적인 농경시대에 가부장적인 아버지들의 모습은 대부분 봄날의 무논에서 삽자루를 들고 우뚝 서 있었고 그것이 온 가족의 희망처럼 느껴졌던 시절이 있었다.

들판에서 힘 있게 농사일에 매달리며 노동을 하던 우뚝한 산처럼 느껴지던 그 아버지의 등과 땀 냄새는 이제 사라지고 '바람 소리 몇 구절만 지나가네'처럼 쓸쓸함만 가득한 고향에서 그래도 시인은 좋았던 기억만 다시 새록새록 떠올리며 행복감에 젖고 있다.

한 세대가 지나가면 또 새로운 세대가 이 땅의 주인이 되고 아버지와 어머니, 아들 딸이 되면서 세상을 만들어 가고 있는 것이다. 그래서 인생은 힘든 기억도 있지만 아름답고 매력적이기도 하다. 우리의 운명은 눈에 보이는 곳에서만 움직이는 게 아니라 훨씬 깊은 곳에서 보이지 않는 힘에 의해 작용 되기도 하기 때문이다.

이 시에서 윤혜련 시인은 '아버지와 자운영'을 통해 슬픈 기억을 떠올리기보다 들숨과 날숨을 조절하며 호흡 하는 것이고 인생을 매력적인 모습으로 노래하고 있다. 아버지와 자운영은 시공을 초월한 어느 곳에서든 낯설지 않고 기시감이 있는 우리 주변의 일상 풍경으로 다가오고 있어 더 푸근함을 느끼게 해준다.

햇살도 나른한 늦은 봄
흩어진 감꽃 위로 옛이야기 스치네

한 꽃 두 꽃 다정하게도 실에 꿰어
목걸이 했던 추억
노르스름한 감꽃이
삼십촉 전구처럼 은유로 비치구나

세월은 바람처럼 흘러 다시
한 계절이 지나가는데
지나 간 우리들의 그림자는
아직도 감꽃 옆에서 서성이고 있겠지

젊음은 흘러갔지만
지난 시간이 위로하듯 스치는 얼굴
아프지 마라
너를 스친 바람이 내게도 분다

윤혜련시인의 시『감꽃』전문

우리는 살아가면서 자연에 대한 예찬과 세상을 바라보는 시선에서 편견 없이 자유롭게 있는 그대로의 모습을 볼 수 있어야 한다. 그것이야말로 자연과 인간에 대한 예의의 출발점이라고 할 수 있다.

감나무에 맺힌 감꽃 하나에도 우리는 가식없고 가장 뜀이 없는 순수한 느낌 그대로 표현하는 것이야말로 아름다운 심성이며 그것을 노래하고 있는 윤혜련 시인은 자연을 예찬하는 진정한 서정시인의 모습이라고 할 수 있다.

감꽃의 꽃말은 자애慈愛이다. 시골에서 성장한 사람들은 누구나 한번쯤 그 감꽃으로 목걸이를 만들어 목에 걸거나 주고 받으며 놀았던 추억이 있을 것이다. 감꽃이 피는 시기는 농번기가 시작되는 5월에서 6월 사이로 감이 익어가는 것은 9월에서 10월쯤 되면 붉은색이 감돌게 된다. 감꽃이 피고 지며 감이 익어갈 무렵이면 봄에서 시작해 여름을 지나 가을로 계절이 바뀌면서 한순간 시간이 화살처럼 지나가는 느낌이 든다. 찰나의 계절 바뀜이 세월의 바람처럼 우리 앞에 다가오며 그 감꽃 옆에서 서성이는 심상을 떠올려보기도 한다.

3연에서 시인은 찰나의 순간처럼 지나간 시간 속에서 현재의 1인칭 '나'가 과거의 1인칭 '나'에게 대화를 하며 아프지 마라고 서로를 향해 위로를 건네고 있다. 4연 4행의 '너를 스친 바람이 내게로 분다'는 것은 과거의 '나'와 현재의 '나'가 시간과 공간의 이동 거리를 떠나 하나의 끈으로 연결되고 있으며 그것은 여전히 현재진행형으로 가고 있다는 것을 작품에서 암시해주고 있다.

1연 2행에서처럼 '흩어진 감꽃 위로 옛이야기 스치네'는 감꽃을 따는 '나'와 감꽃 목걸이를 하고 있는 너는 독립되지 않는 불이不二로서 하나의 인격체를 가진 존재라고 할 수 있다. 즉 물질과 정신을 떠나서 양변이 융합한 중도적인 유심을 말하는 물심불이物心不二의 존재라고 할 수 있다. 그것은 가변적인 사유를 하는 '너'와 '나'가 아닌 '한꽃 두꽃 다정하게 실에 꿰어 목걸이 했던 추억'은 지금도 계속 이어지고 있는 동일한 개체로서의 '나'가 되고 있는 것이다.

당신이 오신다면
내 가슴 꽃으로 피어
손을 흔들며 반기겠습니다

꽃이 핀다고
그리움마저 피어나는

섬진강 그곳에
보고 싶은 사람이 있습니다

오랜 기억만큼이나
코 끝 찡하게 그리운 사람들

그 사람이 당신일지도 모릅니다

윤혜련 시인의 시『섬진강 블루스』 전문

　우리가 기억하고 떠올리는 고향의 모습은 어릴 적 우물 안 개구리에서 간신히 벗어나 도시에서 생활하고 있어도, 뜨거운 태양 아래에서 울음은 늦여름 매미와 같은 시선으로 요란하게 다시금 바라보는 곳이기도 하다.

　시골의 정서는 토담 밑으로 여기저기 널린 깨진 사금 파리와 개밥그릇의 모습에서부터 찾을 수 있다. 시인의 고향인 그 아련한 곳 섬진강 강가에 가면 늘 그리운 '보고 싶은 사람'이 있다. '오랜 기억만큼이나/코끝 찡하게 그리운 사람들'은 시인에게 있어 그 대상은 내 남이 따로 없다.

　'꽃이 핀다고/그리움마저 피어나는' 그곳에 가면 개나리 잎 떨어진 술잔에 봄 나비가 앉았다 가고, 달빛이 담긴 물잔 위로 님의 얼굴이 겹치는 것처럼 그리움과 즐거움이 어우러진다.

　봄강에선 그 봄이 가기 전에 맑은 물에 배 띄워 사공이 되기도 하고 가을 강가에선 세월의 강에 지나간 추억을 손가락 사이로 흘러내리는 강물을 보며 빈 가슴은 더욱 아리게 된다. 1연에서 '당신이 오신다면/내 가슴 꽃으로 피어/손을 흔들며 반기겠습니다'라고 바람에게 연서를 띄우는 마음은 하동의 산과 들판 그리고 섬진강과 눈이 맞은 그 누구인들 관계없이 반갑게 맞이하겠다는 의미이다.

시인은 자신이 이미 섬진강의 봄바람이 되어 강가에 배를 띄우고 불특정 다수에게 은근한 눈길로 추파를 던지고 있다. 섬진강이라는 가변적인 장소에서 확장된 자아로 다가서는 시인의 광대무변한 사유의 세계를 잘 드러낸 마음의 표현일 수 있다.

거대한 바위가 자연 바람에 풍화되어 자갈이 되고 다시 바다와 강가의 모래로 변하듯, 억겁의 세월을 따라 흘러가는 바람과 물을 품는 시인의 마음은 이미 자유인이 되어 강을 찾는 불특정 다수의 사람들을 향한 그 마음이 활짝 열려있다.

택시를 잡기 위해 갓길에서
손 흔들며 가로수가 된 기분
한 대가 지나고 몇 대가 지나도
도무지 탈 수 없었던 자정 무렵의 도시
저 멀리 빈 차 표시등만 봐도
그 반가움은
늦은 밤 고향집 갔을 때 불빛 같다
마침내 내 앞에 멈춘 택시

식구들 신발이 모인 현관으로
도착지를 설정하고 달리는 택시
차창 너머로 상행과 하행이 다른 전조등이
생의 족적인 듯 흘러간다
삶이란 정류장에서 서성이다 스쳐 가는 사람들
그에게도 생의 족적이 있었으리
이윽고 목적지에 도착했다는 택시
거기, 가로등 아래 내린 그림자 총총히 사라져가고
택시 불빛은 저만치서 또 한 사람을 태우는지
깜박거리고 있었다

　　　　　　　　윤혜련 시인의 시 『택시』 전문

　　세상사 누구나 피해갈 수 없는 일이 있다. 자유업종
이든 직장인이든 혹은 학생들이든 마음속에 품고 있는
마음 중 하나가 바로 향상심向上心이다. 출세 따윈 신경
쓰지 않아도 먹고사는 생존의 사회에서 치열하게 경쟁하
며 남보다 더 잘살 수 있으면 좋겠지만, 다들 뒤처지지
않으려고 부단히 노력하면서 살아가는 게 현실이다.

　　달리는 인생인 택시 드라이버driver도 마찬가지다.
새벽부터 밤늦게까지 한 명의 손님이라도 더 태우고
가려고 기사의 마음부터 택시의 타이어까지 일심동체로
종종걸음을 치고 조바심내며 눈동자는 늘 사주경계와
세심한 관찰을 하며 길을 달린다. 그러다 보니 그들의

직업병에 심혈관계 질환이 늘 상존하며 따라다니게 된다. 마음을 졸이다 보니 그럴 수 밖에 없을 것이다.

어느 날 윤혜련 시인의 시선이 멈춘 택시는 필요할 때는 반갑기도 하면서 용도가 다해 멀어질 땐 아쉬워지기도 한다. 택시를 잡기 위해 종종걸음을 치던 손님의 입장에서 반갑기도 하고 목적지에 무사히 도착하면 안도의 한숨이 나오기도 한다. 잠깐이지만 함께 달려온 인연으로 생존을 위해 다시 급하게 달려가는 택시가 안타까워진다.

여기서 잠시 어항과 거울을 떠올려본다. 잠깐이지만 손님과 함께 달려온 택시기사와 공동체가 된 택시의 몸체는 하나의 수족관처럼 어항의 역할을 수행하게 된다. 목적지에 도착 후 내린 손님이 바라본 택시의 유리창은 이내 곧 손님의 시선엔 자신을 비춰보는 유리처럼 느껴진다.

습관처럼 차창 유리에 비친 자신의 모습을 보며 옷매무새라도 다듬으며 멀어지는 택시를 바라보기도 한다. 마찬가지로 택시기사도 손님을 내려주면 출발하면서 사이드 미러side mirror, 후사경를 통해 방금 내린 손님을 쳐다보며 임무를 완수한 흐뭇함과 요금을 받아 수익을 올린 보람을 느끼는 것이다.

여기서 택시와 택시기사, 손님의 관계는 다르지 않은

불이$_{不二}$의 공동체가 되며, 작품 속에 등장하는 생의 족적은 결국 셋이 함께 호흡한 순간 찰나의 영원성$_{永遠性}$을 나타내는 화인$_{火印}$이 된다.

여자가 바다의 몸을 열고 들어간다

수심(愁心) 에 잠긴 등대 물살을 응시하고
물젖은 고무 옷 햇살을 보채지만
생계를 잇는 것이란 바다 속을 유영하는 것

가슴지느러미 곧추세우고
파란 눈을 뜬다

여자가 잠수 했던 시간은 얼마나 될까
물결 사이를 몇 구비나 돌았을까
푸르게 범람하는 물속에서
문어 소라 해삼을 따는
목숨 건 숙명

온몸으로 바다를 품은 여자가
호—잇 숨비 소리 포물선을 그리면
가슴에 닿은 붉은 태왁 고동치는 심장
등대 가슴도 출렁이고 있었다

윤혜련 시인의 시 『물질하는 여자』 전문

남태평양으로부터 하늘과 바다사이를 헤치고 유영하며 근해로 헤엄쳐 오는 여러 종류의 어종들과 해초, 어패류를 온몸으로 받아주는 여자가 있다. 푸름과 푸른 녹색, 형형색색의 생물과 함께 움직이고 호흡하며 그들과 하나가 되는 순간 그녀의 가슴은 쿵쿵거리며 엔진의 박동 소리를 내며 살아있음을 느낀다. 그 순간 물질하는 여자는 한 그릇의 밥공기와 호흡하며 삶의 필연성을 긍정하고 운명적인 사랑을 느끼며 아모르 파티_{amor fati}를 즐기고 있다.

철학자 프리드리히 니체는 "힘에의 의지는 만족할 줄 모르는 끝없는 욕망을 통하여 끊임없이 더 높은 곳을 열망한다. 인간은 극복되어야 할 그 무엇이며, 허무의 권태에 빠지지 않기 위해서라도 항상 새로운 목표를 세우고 그 목표를 넘어서고자 하는 열정을 가져야만 하는 존재"라고 했다. 여기서 우리는 3연의 '가슴지느러미 곧추세우며/파란 눈을 뜨는' 바다의 몸을 열고 들어가는 '물질하는 여자'를 보며 삶의 긍정과 역동성을 느끼며 살아있음을 함께 호흡할 수 있다. 4연의 '온몸으로 바다를 품은 여자'도 '고동치는 심장'과 함께 출렁이는 '등대 가슴'으로 연결이 되는 순간이다.

내륙 및 연안에서 물고기를 잡거나 패류, 해조류를 채취하는 해녀의 인생 출발은 정해져 있으나 은퇴하는 순간은 제각각 본인들이 정한다. 육지로 나설 때 몸 기관 여기저기에 고장 난 흔적들이 역력해도 물과 몸이 하나가 되는 순간 그녀들은 또다시 숨비소리를 내며 바다와 호흡을 한다.

　육지로 나와서 몸을 풀고 다시 물질로 몸을 풀며 물과 하나가 되어 살수밖에 없는 운명이 그녀들을 또 물로 가게 하고 있다. 그녀들의 몸을 늘 괴롭히는 감압병, 이명, 저체온증으로 인해 늘 위험을 안고 있기에 물질은 극한 직업 일 수 밖에 없다. 그래서 해녀들이 내는 숨비소리를 '생과 사의 경계' 또는 '생애 최후의 날숨'이라고도 표현을 한다.

　물질을 아무리 미화해도 그녀들에겐 목숨을 내건 생존의 현장이다는 것이다. 여기서 그녀들이 즐기는 아모르 파티amor fati는 생과 사의 갈림길에서 그녀들만이 유일하게 즐길 수 있는 슬픈 유희이다. 칠성판을 등에 지고 죽음을 무릅쓰며 해산물이 풍부한 이어도 (수중 암초) 산을 찾아가는 극한직업의 노동요를 부르며 오늘도 물질을 하고 있는 것이다.

빛바랜 꽃무늬 원피스가
들꽃 향이 난다면서
나프탈렌 냄새 밴 블라우스,
자기도 한때는 최신 블라우스였다고
자랑하다 이내 풀이 죽었다
유행 지난 와이셔츠도 지기 싫은지

소매 걷어 올리면 근육 비치는 팔뚝,
내가 나를 봐도 멋있다며 뒤척일 때
기침 콜록이던 미니스커트
나 역시 한때는 거리를 활보했다던
주름진 푸념

녹슨 헌 옷 수거함에 격리되어
보기 전에 알 수 없는 공원 앞
재활용-센터 트럭이 나타나자
그들의 수다는 끝났다

옷도 사람처럼 늙어 가는 것일까
한 벌 한 벌에 담겨 있는
주인의 삶을 기억하는 소리 선명한데
빈 헌 옷 수거함만 무덤덤하게 서 있었다

윤혜련 시인의 시『헌 옷 수거함』전문

'재활용'이란 말에서 '적당함'과 '알맞음'을 생각해보게
된다. 물질이나 사람이나 살아간다는 것 자체가 때론 주
변부에 도움을 주기도 하고 곤혹스럽게도 해준다. 적당
하게 환경을 오염시키며 타인이 누리는 편리함이나 행복의
몫을 나누기도 했다가 빼앗기도 하면서 경쟁 속에서 한
생을 보내게 된다.

여기서 적당함이란 상호 간에 자연 복원력과 치유가 가능한 선에서의 편리함이나 행복을 말하는 것이다. '헌 옷 수거함'이란 생활 속의 시제를 가져와 용도폐기와 동시에 새롭게 출발하며 쓸모를 찾아 떠나는 과정을 쓸 쓸함과 허전함. 새로운 기대를 작품에서 잘 묘사해놓고 있다.

세상에는 타인이나 주변부를 불편하게 만드는 '정의' 가 참으로 많다. 그런 물질이라면 당연히 폐기되어야 마 땅하고 옳은 일일 것이다. 작품 속 시인의 시선에서는 용케 새로운 출발 장면을 잘 포착해내어 살아있는 '정의' 를 바로 잡아 주고 있다.

사람도 헌옷 수거함처럼 재활용 공간이나 쓸모가 있 다면 용도폐기 후의 새로운 삶이 얼마나 신나고 재미가 있겠는지 기대가 되기도 한다. 시인의 시선에 들어온 헌 옷을 그들이 용도폐기 전의 현역시절에 가리워 준 사람 들의 모습으로 의인화하여 생기를 불어넣었을 뿐만 아니 라 치환置換시키고 있다.

'빛바랜 꽃무늬 원피스, 나프탈렌 냄새 밴 블라우스, 소매 걷어 올리면 근육 비치는 팔뚝, 기침 콜록이던 미 니스커트'와 같은 시어와 함께 2연에서 '재활용센터 트럭이 나타나자/그들의 수다는 끝났다'고 했지만 그들은 새로운 출발로 영속적인 재생의 길을 떠난 것이다.

시인은 마지막 행에서 '빈 헌옷 수거함만 무덤덤하게 서 있었다'며 순간 망중한의 여유를 보내고 있지만, '옷도 사람처럼 늙어가는 것일까'라고 반문하며 역설적으로 그렇지 않을 수도 있겠다며 재활용으로 재생의 길을 떠나는 그들에게 격려를 보내는 중이다.

여기서 시인이 바라보는 관조는 슬픔의 미학이 아닌 긍정적이고 역동적인 발상의 전환이다. 작품에서 비친 내면의 속살은 헌 옷의 용도폐기가 아닌 새로운 재생의 길을 이미 드러내 주고 있다.

헌 옷 수거함을 바라보는 시인의 심상心象과 시적 자아는 아직도 근육 비치는 팔뚝과 미니스커트에 머물러 있으며, 재활용이란 단어 자체가 이미 생명의 영속성을 부여해주고 있다. 물질만 그러한 게 아니라 헌 옷의 주인이던 사람도 근육 비치던 팔뚝과 미니스커트의 주체였기에 인적자원으로 재활용되기도 하는 세상이다.

그 강은
밤새도록 성엣장을 안고 있었다

우우우--웅 바람이 스칠 때 마다
단단해지는 강의 소리
그렇게 속으로만 흐르고 있었다

괜찮아 이 겨울만 지나면 돼
누치 빙어 쏘가리
꼬리 흔드는 물고기들

차갑지만 뜨거움이 전이되는
내 안에 강물이 출렁거렸다

윤혜련 시인의 시 『결빙』 전문

강은 천년 전에도 울음 울고 천년 후에도 울음을 운다. 강과 바다, 산야에서 불어오는 바람도 마찬가지다. 울 때는 힘차게도 울었다가 길고 구슬프게도 운다. '우우우—웅 바람이 스칠 때마다／단단해지는 강의 소리'는 '그렇게 속으로만 흐르고 있었다'

'결빙'의 강에서 나는 바람의 소리는 더욱 화가 나 있고 매섭기도 하며 구슬프게 울어댄다. 봄의 소리는 바람조차도 살랑대며 봄의 환희와 얼굴을 마주보며 가슴 콩닥거리는 설렘의 소리를 내지만, 한겨울 결빙의 강에선 물과 마주 보며 대화조차 할 수 없는 바람이 동장군이 되어 불뚝대는 성질만 부려댄다. 그 성질 부리는 동안은 결코 물과 만날 수 없이 계속 악순환만 되풀이되고 만다.

강남갔던 제비가 돌아오는 봄엔 맑은 청명풍淸明風과 함께 따뜻한 꽃바람이 찾아온다. 겨울에 주로 부는 바람은 시베리아에서 눈구름과 함께 지독한 추위를 동반하여 불어오는 북서풍인데, 칼로 살을 베는 듯하여 저절로 옷깃을 여미게 만든다.

시인의 시 '결빙'에서 장소는 하동 섬진강이다. 섬진강의 봄은 남해 앞바다의 훈풍 덕분에 매화꽃이 일찍 핀다. 물론 이때도 남풍을 시샘하여 러시아 불뚝 장군이 찬 북서풍인 꽃샘추위를 쏘아대지만 서부경남권 일대엔 지리산 산맥이 능선을 따라 넉넉하게 동장군을 막아준다.

'결빙'을 대하며 윤혜련 시인은 4연에서 '차갑지만 뜨거움이 선이되는/내 안에 강물이 출렁거렸다'고 추위에 움츠리기보다 뜨거운 강물이 흐른다고 표현하였다. 겨울 강은 밤새도록 성엣장을 품고 있지만 그 밤에 시인은 뜨거운 여성성女性性을 간직한 채 몸살을 앓고 있었던 것이다. 그 더운 몸짓은 '이 겨울만 지나면/누치 빙어 쏘가리/꼬리 흔드는 물고기'들이 그 결빙을 풀고 생명의 영속과 존재감을 드러낼 것이기에 설레는 마음이 잠 못 이루게 만들고 서둘러 봄을 재촉해대는 것이다.

물가에 꼬리 흔들며 뛰어노는 물고기는 어린시절 물가에서 놀던 시인의 동심의 세계임과 동시에 성장하면서 느낀 동물적 본능인 여성성女性性이면서 출산 후 느낀 모성애母性愛라고 할 수 있다. 물고기를 통해 투영된 세계의 시공간의 차이와 경험이 동시에 녹아들어 강한 생명의 영속성을 나타내고 있는 것이다.

'내 안에 강물이 출렁거렸다'는 시인의 여성성은 '결빙'이라는 단단한 빗장으로도 결코 옥죄거나 가둬둘 수 없다는 해방의 마음인 것이다. 시인의 에너지는 이미 보일러의 드럼과 수관에 잔뜩 끓어오르고 있는 물처럼 오버플로우$_{overflow}$ 상태라고 할 수 있다. 그 열정을 3연에서 '괜찮아'라며 애써 다독거리며 감추고 있을 뿐이다. 어쩌면 밤을 지새우고 있는 많은 시인이 비슷한 경험을 했을 것이다.

'결빙'의 의미는 한겨울 딱딱하게 굳어진 동토와 갑각류 게딱지처럼 철갑을 두르고 있는 강과 실개천의 죽은듯 엎드리고 있는 모습을 상징적으로 의인화한 것이다. 하지만 죽은 듯 누워있는 그것들은 사실 땅 밑의 것들과 강과 실개천 밑의 것들을 보호$_{care}$해주는 덮개$_{cover}$ 역할을 하고 있는 것이다.

그것은 봄을 기다리는 인내와 함께 봄을 준비하는 '봄이 오는 소리'라고 할 수 있다. 윤혜련 시인은 밑에서 조용히 몸짓하는 그 생물들과 자신을 동일시하고 함께 호흡하며 격정의 봄을 기다리며 준비하고 있는 것이다.

실안 바다 어느 무인도
갯메꽃 덩굴 산달이 다가왔을까
꽃잎 열었다가 닫았다가
들숨 날숨이 흥건했다

애가 탄 칠게들은
뻘 구멍으로 들락거리고
아득한 한 뼘
줄기를 힘껏 밀어 올릴 때
쏟아내는 핑크빛 꽃이여

오십여 년 전 나락 베다
나를 낳았다는 어머니와
삼십여 년 전 밤을 지새우며
딸을 낳았을 때처럼
갓 낳은 아이 첫 울음소리
갯매꽃도 뚜뚜 나팔 불었다

어머니의 딸과 나의 딸이
푸르게 세를 넓혀가 듯
갯매꽃 生生 피어오르고 있었다

윤혜련 시인의 시 『무인도에서』 전문

삼천포 실안의 풍경에선 어느 시인이든 동질적인 것이
있다. 대상을 바라볼 때 관념적이든 사실적이든 역동적인
에너지와 희망의 메시지보다는 조용한 사색과 명상의
어록들이 많은 게 사실이다. 그럴 수 밖에 없는 것이
삼면이 바다인 한국에서 바다의 풍경도 다 같은 것이
아니라 동해와 서해, 남해의 느낌이 다르기 때문이다.

일출이 웅장한 동해와 일몰의 풍경이 아름다운 서해는 그 느낌과 에너지 자체가 다르다. 남해에서는 보는 방향에 따라 일출과 일몰을 함께 볼 수 있지만, 실안 해안에서는 낙조가 참으로 아름답기에 그 풍경을 좋아하는 사람들의 에너지는 대부분 휴식과 명상에 빠지게 된다.

시인도 실안 바다의 어느 무인도에서 들숨과 날숨이 흥건한 가운데 피어나는 갯메꽃을 보며 슬픔과 환희가 교차하는 느낌을 받으며 작품을 쓴 것 같다. 작품에서 갯메꽃 덩굴을 산달이 다가온 것으로 묘사한 것도 그 바다 앞의 무인도에서 생명의 신비를 발견해내고 있다.

흔히 낙조가 아름다운 바다에선 휴식과 깊은 잠을 묘사하는 시들이 많은데 윤혜련 시인의 작품에서는 '애가 탄 칠게들은/뻘 구멍으로 들락거리고' 어느 순간 핑크빛 꽃을 쏟아내며 뚜뚜 나팔을 불어대는 장면들을 그려내고 있다. 여기서 생명의 탄생을 통해 실안 바다는 '오십여 년 전 나락 베다/나를 낳았다는 어머니'처럼 시인에겐 모성의 품과 같은 존재로 다가온 것이다.

실안 바다의 갯벌은 무수히 많은 플랑크톤과 유기물들로 인해 자라는 생명이 많이 있다. 시인은 여기서 무인도를 통해 디아스포라diaspora를 느끼게 된다. 디아스포라는 특정 민족이 민족 공동체를 떠나 다른 나라나 지역으로 흩어져 생존하는 것을 말하는데, 그리스 말로 '씨를 흩 뿌린다'는 의미를 가지고 있다.

실안 바다에서 태어난 생명을 보고 시인은 아득한 옛 추억을 떠올리며 어머니의 품과 그 바다와 동일시 하고, 생명의 윤회와 영속성을 그려내며 창조의 에너지를 승화 시켜내고 있다.

　　디아스포라diaspora처럼 점점이 흩어지는 작은 무인도와 칠게들의 모습에서 사라지는 것들이 아닌 새로운 탄생과 공동체를 볼 수 있다. 잃어버린 낙도는 또 다른 그 누군가에게는 새로운 신천지가 될수 있는 것이고 떠난 이들에겐 영원한 마음의 고향이 되어 언제든 다시 찾아올 수 있는 귀로歸路와 귀착지歸着地가 될수 있는 것이다.

배밀이를 하는 인어 한 마리
수초 같은 인파 사이로 생을 유영 한다

그의 바다는 오일장
하루치의 생을 위해 가슴 닳도록
향해하는 운명

찬송가 소리는 구원의 음표
동정 한 닢 인정 한 닢 푼푼히 쌓이면
갈비뼈 사이로 포말이 일었다

수세미 빨래집게 옷걸이
그의 밥벌이가 밀물지듯 빠질수록

더해가는 생의 밥그릇

파장이 오면 팔리다 남은 꿈은 갈무리하고
인어의 옷을 벗는 남자

산다는 것이란 인어로 산다는 것
오일장 바다를 건너가는 것
구포 오일장 등대가 깜박 거린다

윤혜련 시인의 시 『그 남자가 사는 법』 전문

〈그 남자가 사는 법〉에서 화자가 말하는 시적 세계는
1인칭 시인과 2인칭 독자 그리고 3인칭 그 남자가 한꺼
번에 물속에 첨벙 빠져 인어처럼 유영하는 느낌이 드는
곳이다. 시에서 '배밀이를 하는 인어 한 마리'는 상상의
세계인듯한 곳에서도 현실의 삶을 살아가는 이항대립의
요소를 지니고 있다.

시인은 상상 또는 환영의 세계에 대한 심미적 탐구도
중요하지만, 상상을 현실로 만들기 위해 허구적 세계를
과감히 버릴 수 있어야 한다. 〈그 남자가 사는 법〉에서
저자의 그 허구적 요소를 버리지 않고도 함몰되지 않고
현실에서 바라보는 시적 차이를 잘 찾아내고 있다.

소설은 허구의 세계 속에 함몰되어 그 안에서 상상의

나래를 펼치며 환타지아를 즐겨야 하겠지만, 시적 세계는 시공간을 초월해서 즐거운 상상의 세계에서 시간을 보내고도 다시 빠져나와 현실에 두 발을 딛고 마무리를 지어야 하는데 〈그 남자가 사는 법〉에서 시인은 '오일장 바다'와 '구포 오일장'을 등치 시키며 그 효과를 잘 살려내고 있다. 작품에서 시인은 찰나의 순간을 영원으로 만들었다가도 다시 돌아와 현재진행형으로 나아가려 하고 있다.

5연에서 '파장이 오면 팔리다 남은 꿈은 갈무리하고/인어의 옷을 벗는 남자'는 장사 전을 펼칠 때의 하루치 설렘과 기대감은 늘 그렇듯이, 환상의 세계에서 오고 갈 것이지만 장애인으로 살아가야 하는 슬픈 운명도 그를 괴롭히는 중요한 요소가 된다.

여기서 밀차에 좌판을 펼치고 찬송가 소리를 내는 순간은 영원과 찰나가 교차하며 묘한 길항작용을 하고 있다. 상반되는 두 개념이 동시에 대립하여 그 효과를 상쇄시키고 있다는 것이다.

여기서 장애인인 그 남자는 끝없이 반복되는 뫼비우스의 공간성의 차이처럼 떠돌아야 하는 슬픈 운명의 주체자이면서도 '찬송가 소리'에 '동정 한 닢 인정 한 닢 푼푼이 쌓이면/갈비뼈 사이로 포말이' 이는 반전과 역설의 주체자가 된다.

차분히 〈그 남자가 사는 법〉의 그 남자를 관찰하는 윤혜련 시인은 시인이 지니는 영성으로 슬픔과 구원을 오가는 그 길 항 작용과 이항대립의 혼돈anomi 속에 빠지지도 않고 시인과 독자, 그 남자와 함께 오일장 바다에서 즐겁게 잘 유영하는 중이다. 여기서 시인이 깊은 상념과 허무주의에 빠지지 않고 현실로 잘 빠져나온 것은, 자신의 삶과 그 남자의 삶 모두가 하루치 '여행'이라는 주제와 기제 사이에 놓고 시적 진술을 해나간 것이다.

오랫동안 말려져 있던 도화지처럼
자꾸만 몸이 안쪽으로만 말려지는 노인들
침대마다 약봉지는
기일을 어기면 안 되는 고지서 같다
창가 침대 할머니는 아들인 듯
늙숙한 남자와 맞잡은 손
무엇을 말하고 싶은 것일까
집에 가고 싶은 것인지
요구르트를 마시다 말고
보자기를 싸매는 어머니

요양보호사의 만류에
우련한 눈빛이 쓸쓸하다
한 때 푸른 나무가 잎 새 떨어뜨리고
앙상한 가지만 남은 것처럼
봄 날 지나고 날개 접은 나비처럼

정물화가 되어버린 노인들
그저 허허로운 웃음이 낯설게 떠다니는
무료한 시간, 회색빛 건물 김해 요양병원
바람에 흩어졌다 모인 낙엽들이
춥다고 잉잉거렸다

윤혜련 시인의 시『노인들이 사는 집』전문

노인들을 대상으로 운영하는 특정 장소든 그들의 삶이든 대체로 오랜 생을 영위한 뒤끝의 마무리 부분처럼 쓸쓸하고 고독한 그림자와 메시지들이 많은 것이 사실이다. 또한 그 대상을 시적으로 진술한 작품들도 허무주의로 빠질 위험이 농후하다. 그러다 보면 시적 화자도 혼란스럽고 어떤 위태로움에 빠질 수 있다. 이럴 때 시인은 그 늪에 함께 빠져들기보다 비극적 정서를 조장하는 허무의 세계에서 반대급부의 역할과 조정을 잘 해줘야 하는 사명이 있다.

노인요양원의 풍경들은 제아무리 화려하게 치장하고 포장을 하더라도 그 안에서 생활하는 노인들과 직원들의 모습에선. 화려함과는 거리가 먼 쓸쓸한 고목의 짙은 회색이나 페인트 벗겨진 표지판처럼 껍질 바스러지는 느낌이 더 많은 게 사실이다.

'자꾸만 몸이 안쪽으로 말려지는 노인들' 주변엔 어김없이 산더미처럼 쌓인 약봉지와 칙칙한 침대시트, 마지막

잎새를 애써 달고 있는 바싹 마른 나무가지 같은 앙상한 손들이 좀비처럼 어기적거리는 그곳은 회색빛 일 수 밖에 없다.

그들이 사는 곳에선 '바람에 흩어졌다 모인 낙엽들이/춤다고 잉잉'거릴 수밖에 없는 것도 사실이다. 산 사람을 좀비에다 비유하는 건 너무 심하다고 할 수 있겠지만 나이가 든 노인들은 누구나 다시 어린아이처럼 돼가는 것도 어쩔 수 없는 자연현상이며, 죽음을 기다리면서도 태어난 뒤 그때처럼 다시 어린아이가 돼가는 것도 윤회의 과정이라고 할 수 있다.

현대의 좀비들은 죽은 시체를 말하는 게 아닌, 산 사람과 죽은 이의 중간단계에서 생존을 위해 움직이는 이들을 지칭하는 말이다. 깊은 심해 잠수사나 물질하는 해녀들이 물 밖에 나와 긴 한숨이나 휘파람 소리 같은 숨비소리를 낼 때처럼 산 자와 죽은 이의 경계가 한숨 차이이며 백지 한 장 차이라고도 할 수 있다.

시인의 작품 속에서 '창가 침대 할머니는 아들인 듯/늙숙한 남자와 맞잡은 손/무엇을 말하고 싶은 것일까'로 시작해 '춤다고 잉잉'거리는 낙엽들로 풍경을 묘사한 것처럼 그들은 다시 어린아이의 심정으로 누군가에게 매달리며 칭얼대고 싶은 것이다. 그것은 결국 생生에 대한 강한 애착의 증거인 것이다.

그들의 정서 깊은 곳에서는 어떤 노래 가사처럼 어린 시절 신랑과 각시가 되어 놀다가 한 아이가 이사가던 날, 탱자나무 가지를 흔들며 울던 다른 아이의 슬픈 추억이 다시금 새록새록 떠오르는 것이다. 한 생을 다하고도 다시 옛날 순수했던 시절로 되돌아가고 있는 것이다. 잉잉댄다는 건 칭얼대는 것이고 다시 어린아이가 돼가는 과정인 것이다.

　　이 작품에서 시적 진술은 일반인의 시선으로 보면 상상의 세계와 현실 공간과의 시간차를 구분할 수 없는 혼돈anomi의 세상일 경우가 있다. 시적 화자는 일상의 자아에서 바라보자면 시적 세계는 불안한 현실이며 위태로운 노인들은 위악적 진리를 구축하고 있는 슬픈 현실의 모습으로 보일수 밖에 없다. 왜냐하면 그 집을 바라보는 이들도 결국 가야 하는 집이고 그것이 현실이기 때문이다.

횟대에 걸린 보랏빛 어머니 스웨터
방에 들어가면 마음이 포근해서
일부러 걸어났다고
해설피 툇마루에 앉은 큰 오빠 말씀 하셨네

당신 가시면서 딸네들 입어라고
남겨 둔 흔적 아직도 아릿한데
꽃이나 보아라 하고 피었을까

산소에 나란히 핀 쑥부쟁이 두 덤불은
하얀 두루마기 입은 아버지요
보라색 스웨터 입은 어머니였으니
횃대에 핀 보랏빛 삽화
나의 마음 풍경으로 피었네

윤혜련 시인의 시『횃대에 핀 삽화』전문

횃대에 걸린 풍경은 늘 자랑질하거나 잘난 척하는 자신감의 표출이다. 시골집 천장 아래 길게 가로질러 걸쳐 놓은 횃대는 주막집 봉놋방에도 여염집 사랑방에도 어김없이 걸쳐져 있다. 그 '횃대에 걸린 보랏빛 어머니 스웨터'는 세월이 지나 성인이 된 이후에도 윤혜련 시인에게 늘 오래된 '마음 풍경'으로 피어있다.

'산소에 나란히 핀 쑥부쟁이 두 덤불은/하얀 두루마기 입은 아버지요/보라색 스웨터 입은 어머니였으니' 그 쑥부쟁이는 그리 멀리 않으니 계절이 따로 없이 나물로 식탁에서 마주 대할 수 있는 식물이다.

작품 안에서의 메시지도 흔한 들풀로 항상 우리 곁에 있으니 그리 서럽지만도 않고 새삼스럽지도 않다는 것이다. 세상을 떠난 부모님이라는 존재도 생각해보면 고향의 들풀처럼 마음먹기에 따라 멀리 있지도 않다는 뜻이기도 하다.

1연에서처럼 시인의 오빠도 '방에 들어가면 마음이 포근해서 / 일부러 걸어놨다고' 지금도 그 횃대를 걸쳐놓고 활용한다고 했다. 한국인의 정서에서 횃대라는 것은 누구에게나 마음이 포근한 고향일 수가 있다.

옛날 시골에서 늦가을과 겨울에 메주를 띄워 걸어놓고 건조대로도 이용했던 그 횃대는 문화예술 계통에 종사하는 이들에겐 등단 또는 첫 무대에 오르는 입봉入峰 과정을 횃대에 올라가 홰를 친다고도 표현해왔다. 작은 새장에 카나리아나 앵무새 같은 조류들이 횃대에 올라가 노래하는 장면을 떠올리며 연극 영화인들이나 오페라, 뮤지컬 가수들이 무대에 올라가 공연하는 장면도 홰를 친다고 표현했었다.

그 모든 과정에서 문화예술인들이나 아련한 옛 시골 고향 정서를 떠올리는 사람들이나 모두에게 마음의 고향으로 표현되고 묘사하는 것이 바로 횃대라는 물건이다. 그 횃대는 곰팡내 나는 무채색의 흑백필름 같은 추억에서부터 총천연색의 화려한 공연 장면 모두를 연상시켜주는 훌륭한 도구의 역할을 해준다.

양지바른 곳에서 음습한 곳 어디에나 해묵은 낙엽들이 떨어져 쌓이거나 굴러다니지만 생각해보면 그렇게 아득해지거나, 최근의 일처럼 새삼스러울 것도 없는 밥하는 냄새나 밥하는 소리와 같은 주변의 일상일 뿐이었던 것

이다. 아득하다는 것은 사라져 볼 수 없는 옛 추억일 뿐
으므로 이 작품에서 전혀 새로울 것도 신기할 것도 없는
현재진행형의 일상일 뿐이라는 담담한 메시지를 전해주
고 있다.

은행나무 가지가
어깨를 스치며 한마디 합니다
먼 산 보고가라고
나는 그저 시절이 좋아서 아꼈을 뿐인데
잊혀진 계절이나 부르고 있다고
소매라도 잡을 판입니다

가을이 온통 뒤섞인 길 끝
왠 남녀가 얼굴을 포개고 있네요
불그레 진 단풍나무
은행나무는 모른 체
슬몃 하늘을 보여 줍니다

콕 찌르면 눈물이 날 것 같은
시린 하늘,
당신, 그곳도 안녕한지요

　　　　　　　윤혜련 시인의 시 『은행나무 아래서』 전문

　　계절의 변화는 어김없는 시간 속의 법칙이고 영속적

인 우주 질서의 일부에 해당된다. 사람들은 맑고 깨끗한 날씨를 좋아하고, 봄의 상쾌함과 생명의 신비를 느끼고 싶어 한다. 그러나 시인들의 생래적인 정서는 외로움과 그리움의 감성으로 젖어, 가을의 센티멘털sentimental과 겨울의 짙은 페이소스pathos의 우울함으로 빠져드는 경우가 많다.

시인은 은행나무 아래서 계절 속에 휴식을 취하는 나무와 동질감을 느끼며, 번뇌를 완전히 벗어난 무위 적정의 가을 오후, 망중한을 담담하게 시적 형상화로 풀어내고 있다. 인간의 희로애락오욕喜怒哀樂五慾의 번뇌는 인간이 느끼는 중요한 감정feeling affection과 감성sensibility으로, 일상에서 떼려야 뗄 수 없는 사유라고 할 수 있다.

천형과도 같은 그리움의 절정을 가을날 적멸로 들며 내려놓는 마음이야말로, 이미 해탈의 길에 들어섰음이다. 해탈이란 해탈의 경지에 이르렀건, 아니었건 간에 사유하지 않음이다. 의식한다는 것 자체가 번뇌 망상일 수 있기 때문이다.

몸 하나에 도달한 은행나무는 한 생의 희로애락이 깃들어 잠이 듦이다. 암수 교미를 하며 구린내 나는 쾌락의 열매를 맺는 은행나무의 몸짓에, 침을 질질 흘리며 서있는 소나무는 부질없는 애욕만 불태운다. 오욕칠정의 번뇌를 끊은 소나무는 짙은 향기를 남긴다. 모진 비바람 홀로 맞는 외로움이다. 그러나 정작 해탈에 이른 은행나무는 조용하고 담담하게 휴식을 취하고 있을 뿐이다.

　　한줌 소태를 씹는 그리움의 맛은 홀로 허옇다. 한 곳에
오래도록 자리 잡은 은행나무는 제 잎을 표표히 흩날리는
것처럼, 모든 집착을 방하착放下着하고 오랜 상처가 상처를
껴안으면 피가 되고 살이 되어 흘러넘친다. 열반이었건
아니었건 이미 영육의 휴식을 취하며 열반에 이르렀음이다.
마지막 행에서 '당신, 그곳도 안녕한지요'라는 짧은 인사로
마무리하며 깊은 여운과 가을 향기를 남기고 있다.
그 그리움의 대상은 시간 속의 '당신'이 될 수도 있고 현
재진행형의 '당신'일 수도 있다.

생에 마지막 작은 쉼터 다듬어서
한 그루 나무가 되고 싶어라

계절이 순환하는 숲에서
바람소리 들으며 길손들과 상생하는
살뜰한 나무 한 그루

새들이 날아와 집을 짓고
그루터기 피는 들꽃들
이슬 젖은 밤이 오면
별무리 내려 속삭여 주겠지

가끔 나를 추억하는

그리운 안부들이 찾아 와
삶의 이야기 노래 할 때
나는 반가워 나뭇가지 흔들 것이며
따뜻한 보금자리로 가는 그들을 위해서
기도 하리

언젠가 나의 인생 마침표 찍는 날
자연 속에서 자연스럽게
한 그루 나무 풍경이 되고 싶어라

윤혜련 시인의 시『수목장을 위한 詩』전문

　　문학인의 사명을 역사, 사회적인 문제에 관한 형상화에만
초점을 두면, 자칫 외면받고 있는 문학을 독자들로 부터
더 멀어지게 할 수도 있다. 하지만 지금 우리 시대가 거대
담론이 사라진 상황에서, 미시담론마저 형상화할 수 없
다면 세상이 너무 메마르지 않을까.

　　그런 의미에서 윤혜련 시인의 '수목장을 위한 詩'는
체험을 바탕으로, 개인적인 정서나 상상의 세계를 시적
형상화한 아름다운 시라고 할 수 있다. 우선 윤혜련 시
인의 작품은 군더더기가 없이 간결하다. 축소한 미시담
론을 시적 형상화를 통해 소통의 통로를 만들어 내고 있는
것이다.

시 쓰기의 능력과 관련해서, 가장 먼저 묘사의 능력을 평가의 대상으로 삼는다. 생을 다한 날 한줌 재가 되어 자연과 합일하고, 오가는 길손들에게 세상풍경 들려주며 그들과 상생하고 싶다는 마음이야말로, 자연과 함께하는 문학을 추구하는 시인의 핵심이라고 할 수 있다.

시를 꼭 퐈배기처럼 복잡하게 꼬아서 쓸 필요는 없다. 아리스토텔레스의 「시학」에서 '무엇보다도 위대한 것은 비유를 자유롭게 쓸 수 있는 능력'이라고 했다. 자다가 남의 다리 긁거나 잠꼬대하는 것 같은 미래파 현대시의 꽁무니를 쫓아갈 필요 없이, 시적 비유를 잘 살린 아름답고 쉬운 시를 우리는 많이 쓰고 읽으며 추구해 나가야 한다.

그런 의미에서 윤혜련 시인의 작품들은 오랜 창작 기간을 통해 수련돼 온 내밀하면서도 모두가 공감할 수 있는 좋은 시의 모범이라고 할 수가 있다. 짧은 시가 그리운 문단에서 산뜻하고 깔끔한 느낌을 주는 작품이다. 수목장에서 잠들은 영육의 가루는 윤회하여 다시 자연과 함께 소통하고 있고, 그것이 곧 상생임을 간결하게 압축해서 표현해주고 있다.

버스가 길 모롱이 돌아갈 때
일순간 차창 안으로 스며 든 노란빛
은행나무 길이었습니다

운전수도 승객도 지나 온 시간들이 속속 물든
슬프고도 고왔던 날들을 싣고
피안의 세계로 가는 듯했습니다
우리가 못 알아보고 지나쳐 온
삶의 뒷모습 같았지요

버스가 덜컹 거립니다

친절한 안내가 만남과 이별의 정류장에
한 사람씩 태우고 내려놓는데
글썽이는 마음은 어디다 부려 놓아야 하는 가요
이윽고 한 여자가 내렸습니다
칠암 도서관 가는 길은 온통 노란빛
바람 한 바가지 퍼다 붓습니다

오오 노란 이파리들
저 흔들리는 가지들
나는 언제나 피고 지는 일에 무심했을까
걸음이 자꾸 느려 집니다
이러다 한 계절이 가겠지요
만날 수 없는 사람들이 그립습니다

　　　　　윤혜련 시인의　시『11월행 버스를 타고』전문

〈11월행 버스를 타고〉 작품에서는 11월의 햇살과 12월 햇살의 차이를 시적 은유로 드러내주며 계절을 보내는 아쉬움과 그리움을 노래하고 있다. 그런 과정 중에서도 시인은 칠암 도서관을 향해 가는 덜컹거리는 버스 안에서 '운전자도 승객도 지나온 시간 들이 속속 물든/슬프고도 고왔던 날들을 싣고' 마음 한켠 휑한 '바람 한 바가지 퍼다' 붓기도 했다가 그리운 사람들을 떠올려보기도 한다.

11월의 햇살이 비치는 공간은 늦가을과 초겨울과의 사이에서 는적거리며 조금이라도 더 겨울 채비를 하는 시간을 벌려는 꼼지락거림의 시간이기도 하다. 그 마음을 시인은 '걸음이 자꾸 느려진다'고 표현하고 있다. 너무 빨리 지나가는 시간을 붙잡으며 아직 겨울을 맞이할 준비가 덜 되었음에 안타까운 마음을 드러내고 있는 것이다.

가을에 떨어지는 낙엽들이 하나둘 날리고 쌓여 늦가을과 겨울내내 눈비를 맞고 썩어가며 부엽토가 되면 산과 들판에 아주 질 좋은 흙을 만들어주기도 한다. 썩는 부분 없이는 인생의 향기도 없다고 했다. 인간의 세계나 자연현상에는 얄팍한 계산속으로 가름할 수 없는 오묘하고 신비로운 것이 많이 있다.

사람은 견딜 수 있는 한계를 넘어서면 순간 폭발하거나 인생의 신념이 달라질 만큼 상황을 바꿀 수도 있다고 한다. 그러나 거기까지 행동으로 옮기는 사람은 드문 것이 대부분의 사람은 충분히 인내할 수 있을 만큼 건강한 육체와 정신을 갖추고 있기 때문이다.

신은 가는 늦가을과 오는 초겨울의 길목에서 서성이는 시인에게 또 다른 설렘과 기대가 교차하는 선물을 선사해주고 있다. 그것은 신이 주는 또 다른 영감을 시인이나 화가들이 환상적 콜라보$_{collaboration}$를 통해 예술성을 창조해낸 공동의 성과라고도 할 수 있다. 여기서 문화예술에 있어서는 모든 상황적 조합이 공동체를 형성해주는 협동체라고도 할 수 있다.

삶과 죽음, 슬픔과 존재, 불안과 실존을 말하기 전에 사람은 누구나 저마다의 내면에 소우주小宇宙를 품고 있기에 계절의 순환과 변덕 따위에 휘둘려 조화로움에 대한 반동 형성을 하지 않을 수 있는 힘을 생성해준다.

'11월 행 버스를 타고' 칠암 도서관으로 가는 길에서 지나온 시간을 뒤로하며 시인은 마치 '피안의 세계로 가는 듯'한 느낌으로 '온통 노란빛'의 거리 풍경을 바라보고 있다. 그것은 사물을 볼 때 눈에 띄는 부분은 쉽게 드러나지만, 그렇지 않은 부분은 배경 역할만 하게 된다는 배경 그림의 원리f$_{egure - ground \; primciole}$라고 할 수 있다.

11월과 함께 길게 이어진 12월의 새로운 시작은 두려움이 아닌 피안彼岸의 세계로 가는 설렘 그 자체로 다가오는 것이다.

■나가며

여여如如하다는 말은 초목이 무성하다는 뜻이기도 하지만 불가에서는 변함이 없는 담담한 마음으로 표현한다. 여여하다는 것은 물질적으로 풍족해서가 아니라 모든 종교적 수행하는 이들은 공통 적으로 하는 마음의 표현이다. 조급함을 버린 채 일상의 번뇌 망상을 끊어내는 작업이야말로 여여함의 기본인데, 윤혜련 시인의 작품엔 짙은 풀냄새와 함께 일상탈출의 담담함이 느껴진다.

차크라Chakra는 인간과 다차원적 우주를 연결하는 특수한 에너지의 중계점이다. 교차로에 자동차가 멈춰 서면 소통이 막히듯이 어느 한 곳의 차크라에 문제가 생기면 그 차크라에 연결된 신체 부위의 기능이 마비되면서 몸에 불균형이 오게 된다. 자연과 함께 건강한 심신을 유지하려면 산책과 사색, 명상이 필요한 이유도 바로 신체 부위의 에너지 소통을 위한 것이기 때문이다.

윤혜련 시인의 작품 중에는 바람이 주는 휴식, 자연과 사람 그 안에서 물과 물이 만나는 치유의 공간을 모티브로 한 시들이 눈에 많이 띈다. 인위적인 직선의 힘과 자유롭게 펼쳐진 부드러운 곡선이 날줄과 씨줄로 교차하며 공존하는 공간이야말로 진정한 조화를 이룰 수 있으며 시인은 여러 작품 속에서 그것을 표현해내고 있다. 그것은 녹색이 주는 자연의 에너지라고 할 수 있다.

불교 경전의 하나인 장아함경에 보면 이런 말이 나온다.

상대가 온갖 수단으로 자신을 헐뜯더라도 그들을 결코 해치면 안 된다고 한다. 그들이 비록 나를 비난했다고 해도 내가 분노로 맞선다면 그것은 곧 스스로 지는 것이기 때문이다. 또한 그들이 나를 칭찬한다고 해서 기뻐하거나 들떠서도 안 된다고 한다. 아무런 의미 없는 칭찬에 마음이 들뜨는 것도 나 자신이 지는 것이기 때문이다. 그 모든 게 담담한 마음의 여여如如함에서 나올수 있는 것이다.

여여함의 세계는 종교와 철학, 문학예술 어떤 분야든 공통 적으로 적용될 수 있다. 모든 실패의 원인과 만병의 근원이 바로 마음의 조급함에서 비롯되므로 일상에서의 여여함은 바로 생활의 기본이 되는 것이다. 윤혜련 시인의 시 창작에서도 여여함이 묻어나는 건 삶의 자세가 조금도 흩어지지 않는 마음에서 출발했다는 것이 된다.

당신, 그곳도 안녕한지요

윤혜련 시집

초 판 인 쇄	|	2022년 8월 10일
발 행 일 자	|	2022년 8월 15일
지 은 이	|	윤혜련
펴 낸 이	|	김연주
펴 낸 곳	|	도서출판 성연
등 록	|	(등록 제2021-000008호)경남 창원
홈 페 이 지	|	https://cafe.daum.net/seongyeon2021
사 무 실	|	창원시 성산구 대원로 27번길 4(시와늪문학관 내)
표지디자인	|	배선영
편 집 인	|	배성근
표 지 그 림	|	주소영(시인의 딸)
대 표 메 일	|	baekim2003@daum.net
전 자 팩 스	|	0504-205-5758
연 락 처	|	010-4556-0573
정 가	|	12,000원
ISBN	|	979-11-979561-8-8(03800)

☻ 본 시집은 **한국예술인복지재단 창작준비지원금** 일부를
   지원받아 발간되었습니다.

☻ 저자와의 협약으로 인지를 생략합니다.

☻ 이 시집의 전부 또는 일부를 재사용하려면 반드시 지은이와 도서출판
   성연에 동의를 얻어야 합니다.

☻ 본 지는 한국간행물 윤리위원회의 윤리강령 실천요강을 준수합니다.

☻ 파본 된 책은 교환해 드립니다.

이 도서의 출판예정도서목록(CIP)은 **979-11-979561-8-8(03800)**
국립중앙도서관 서지정보유통지원시스템 홈페이지(http://seoji.nl.go.kr/)와
국가자료목록시스템(http://www.nl.go.kr/kolisnet)에서 이용할 수 있습니다.